日汉对译有声读物／日本文学名著集粹

彭曦 汪平 主编

芥川直木奖的奠基者

菊池宽

黄悦生 编著

南京大学出版社

总　序

日本著名文学评论家奥野健男曾经指出：

在鸟瞰明治以后一个世纪的日本文学的时候，我们会发现：这一个世纪不要说在日本文学史上，就是在世界文学史上也是极其富于变化的绚丽的文学时代。这一百年在作品的数量方面大概足以凌驾在那之前一千多年间的日本文学作品的总量之上，在质量方面虽然没有出现流传千古的文学巨著，但在短短的一个世纪中进行过各种各样的尝试，形成了丰富多彩的风格，经历了复杂的变迁，那不得不令人感到惊叹。在这里不仅汇聚了古今东西的文学雏形，而且还存在世界上其他国家所没有的独一无二的文学。因此，如果阅读明治以后的日本文学，那么可以说基本上就能够了解文学所具有的各种倾向、要素、可能性。

——奥野健男：《日本文学史——从近代到现代》，中公新书，1970 年。

如果是那样的话，那么可以说近现代日本文学是一

个宝库。然而，因为以下两种原因，我们众多的日语学习者却只能"望宝兴叹"。

第一，战败前的日本文学作品中所使用的日语与现代日语有所不同，对于初中级日语学习者来说难度较大。

第二，那些文学作品中有不少是中长篇小说，其中相当一部分名著的篇幅在 10 万字以上。而现在的日语学习者学业繁重，有耐心、有毅力通读大部头的小说的人不多。

这套系列丛书是我们为初中级日语学习者（大学日语专业 2、3 年级程度）打造的日本近现代文学的"普及版"。此版本的体例如下：

（1）所收录的是明治（1868—1912）、大正（1912—1926）时代以及昭和（1926—1989）时代前半期（截至 20世纪 40 年代）的名家名作。

（2）按作家单独编册，每册前面有编译者撰写的关于作家创作生涯以及作品的介绍。

（3）将中长篇小说的篇幅压缩到 7 千至 1 万字左右。

（4）在保持原作风格的前提下，按照现代日语的表达习惯进行了改写。

（5）给每个汉字都标注了假名，以期读者能够水到渠成地记住日语汉字的读音。

（6）严格采用双联页版式，左页为日文，右页为中

文,读者可以随时相互参照。

(7) 在右页有注释,其内容既有关于作家作品的逸闻,也有对背景知识的说明,还有对句型的讲解。

(8) 配有 MP3 格式的录音,日语学习者可借此提高日语听力。

总之,读者的日语程度即便目前还不是很高,但借助此丛书仍然可以在较短的时间内对日本近现代著名作家的全貌有一个大致的、直观的了解。我们会逐渐充实这套丛书,希望在不久的将来能够覆盖近现代的主要作家。如果读者因为阅读本丛书而对某作家的作品产生了浓厚的兴趣,而且阅读能力也通过阅读本丛书而得到了大幅度提高的话,那么我们建议您直接阅读原著。

我们相信:读者通过阅读此丛书,会使您的日语学习变得更有乐趣,更有内涵。

菊池宽其人其作

　　菊池宽(1888—1948)是日本近代文学史上的重要作家,自加入"新思潮派"跻身文坛以来,他创作了大量小说和戏剧,在当时的日本文艺界具有举足轻重的影响力,被誉为"文坛天皇"。以下简单介绍一下他的生平和作品。

　　1888年,菊池宽出生于日本香川县高松市一个贫寒家庭。父亲在一所小学的庶务科当职员,靠微薄工资养育七口之家,生活十分拮据。菊池宽上小学时买不起课本,只能自己手抄。上中学时,也常交不起学费,过着吃了上顿没下顿的日子。但他自幼喜欢读书,常年往图书馆跑,几乎读遍了馆里的所有藏书。——后来他回忆道:"自己当作家所需的学问,有八成是在图书馆里获得的。"中学成绩优异的菊池宽免试进入东京高等师范学校,但因对专业不感兴趣,屡有违反校规之放纵行为,被学校除名。后来进入第一高等学校,临近毕业时,又因顶替友人的盗窃罪名而被勒令退学。

　　1913年,菊池宽考上京都大学英文系。在读期间,他与高中同学芥川龙之介、久米正雄等人一同发起第三、四次《新思潮》复刊运动,并以此为阵地开始发表作品,包括剧本《屋顶上的傻子》、《父归》等。可是这些剧作在当时并未获

得应有的评价,他的剧作家之途也遇到了重重阻碍。直到1920年,《父归》被搬上舞台公演,引起强烈反响,菊池宽的戏剧创作才能始获文坛肯定,一跃成为日本近代戏剧创作第一人。他的剧作情节设计新颖,结构严谨,善于通过尖锐的戏剧冲突表现人物的性格特征和心理状态,对日本近代戏剧的发展作出了重大贡献。

小说创作方面,从1918年起,菊池宽在《中央公论》上连续发表了短篇小说《一个无名作家的日记》、《忠直卿传记》、《不计恩仇》等,受到文坛瞩目,奠定了他作为小说家的地位。他创作的小说善于把握人性内部的复杂性,表现近代个人主义思想,或借助历史题材对人生做出近代的诠释,主题鲜明,文风清新,充满个性和张力。

1920年起,菊池宽开始为报刊写连载小说《珍珠夫人》,从此逐渐由纯文学转向大众文学。他坚持"生活第一、艺术第二"的方针,致力于通俗长篇小说创作,深受广大读者欢迎,将日本近代大众文学发展到了一个新的高峰。

菊池宽不仅是一位作家,在社会活动、文化出版事业等方面他也引领潮流,创造了辉煌的成就。1923年,他创办文学刊物《文艺春秋》,积极培养新人。例如横光利一、川端康成、小林秀雄等人都是在他的扶持下走上文坛,终成大家。1935年,菊池宽设立了以好友姓名命名的两大文学奖——"芥川奖"和"直木奖",后来增设"菊池宽奖"。这几个奖项至今仍颇具权威性,对于奖掖后进、提高作家的社会地位和

经济地位起到促进作用,在日本近现代文学史上功不可没。

登上文坛最高领导地位的菊池宽,身兼日本文艺家协会会长、东京市议会议员等职,积极参加各种政治活动。二战期间,菊池宽支持了日本军国主义发动的侵略战争,战后被解除公职,这也成了他一生中的最大污点。1948年,菊池宽病逝,享年六十岁。

菊池宽一生著述颇丰,横跨短篇小说、长篇小说、戏剧、文学理论等多个领域。本书从中选取了9篇最能体现菊池宽创作特色的代表作品,以日汉对译的形式呈现给读者。

下面简要介绍一下本书所选作品的内容梗概。

《投河救助业》

有个老太婆住在河边,与女儿相依为命。一次偶然的机会,老太婆救了一个想投河自尽的人。从此以后,她就把救助投河者当作自己的"职业",以领取政府发放的奖金。后来,当她发现女儿偷走家中存款与人私奔时,绝望之下投河自尽,最终被别人救起。本篇小说通过戏谑的手法刻画了人的自私心理,并揭示了人生中所蕴含的滑稽性和悲剧性。

《若杉法官》

若杉法官具有"人道主义"情怀,在判案量刑时,总是倾向于从轻发落。直到有一天夜里他家遭到小偷光顾,自己

成为受害者后,才开始站在受害者的立场重新思考法律,转
而对犯罪实施严厉判决。本篇小说体现了作者探讨理智与
情感的一贯主题,发人深省。

《忠直卿传记》

忠直卿位高权重,骁勇善战,常常在召集家臣举行的比
武大会中获胜。后来,忠直卿偶然得知家臣们比武时故意
相让,这才意识到原来自己一直生活在周围人的谄媚逢迎
之中,渐渐陷入孤独和绝望,最终变成一个暴君。本篇小说
取材于历史人物,用近代的观点剖析暴君心理,深刻地批判
了封建身份制度对人性的压迫,是菊池宽小说的代表作
之一。

《一个无名作家的日记》

"我"是一个默默无闻的作家,缺乏天分,却渴望成功。
眼看着昔日同窗不断发表佳作,在文坛上崭露头角,自己内
心充满了嫉妒和焦躁不安……。这篇日记体小说是以菊池
宽自己和芥川龙之介等人为原型写成,心理描写细致入微。
该小说发表之后,"无名作家"菊池宽开始受到文坛关注,逐
渐成名。

《不计恩仇》

家臣市九郎杀害主人后畏罪潜逃,出家当了和尚。为

了赎罪,他用二十余年、以一己之力开凿山道,造福于民。隧道即将完工之际,仇人之子实之助前来寻仇,最终却被市九郎锲而不舍的精神所感动,遂不计前仇,握手言和。本篇小说否定封建主义之复仇陋习,宣扬了人道主义的胜利,是菊池宽小说的代表作之一。

《外形》

身披红袍、头戴金盔的中村新兵卫在战场上所向无敌,屡立战功。一日,他将那标志性的红袍金盔借给其他人后,忽然发现自己在战场上竟失去了往日的威力……。本篇小说仅有寥寥千字而寓意深刻,堪称微型小说的开山之作。

《投票》

国定忠治率领一帮弟兄躲避官府追捕,逃至一个山岭,决定从十多名部下中挑选三人跟随自己,其余散伙。虽然他心目中已有人选,但还是让这帮弟兄以投票的方法确定人选。九郎助出于私心,希望能入选三人名单,于是偷偷给自己投了一票……。本篇小说对自私心理的描写入木三分,写作动机据说是菊池宽在目睹了某次文学奖的评选过程后有感而发。

《父归》

宗太郎抛下妻子和儿女,离家而去。父亲走后,母亲与

长子贤一郎历尽艰辛,含辛茹苦地把弟妹抚养成人,过上了温饱生活。二十年后,父亲穷困潦倒地回到家中,怀着愧疚恳求收留。贤一郎历数父亲罪状,断然拒绝。可是当父亲绝望地离去时,贤一郎却又心软,跑出去寻找父亲。这个故事通过父亲与长子的对立冲突,反映了近代意识向传统封建家长制度的挑战。剧中对理智与情感的矛盾处理丝丝入扣,耐人寻味。该戏剧在上世纪 20 年代曾多次上演,广受好评,成为菊池宽的戏剧代表作,也是日本近代戏剧的经典之作。

《屋顶上的傻子》

胜岛家的长子先天疯傻,每天以爬到屋顶上眺望为乐。后来,父亲请来巫婆给他驱邪治病,却遭到次子末次郎坚决反对,而且将巫婆赶走。他认为:假设哥哥一旦恢复正常,只会丧失现有的乐观性格,陷入痛苦,还不如安于现状。本篇戏剧的主题在于宣扬近代合理主义的伦理观,同时也具有破除迷信、推倒偶像的意义。

作为编译者,我衷心期望:读者可以通过此书领略到"文坛天皇"菊池宽的风采,并以此为契机,阅读更多优秀文学作品,与作家们进行跨越时空的心灵对话——从中感受语言的魅力,从中品味人生。

目 录

菊池宽

身投げ救助業①

　ものの本によると、京都にも昔から自殺者はかなり多かった。

　都はいつの時代でも田舎よりも生存競争が烈しい。生活に堪えきれぬ不幸が襲ってくると、思いきって死ぬ者が多かった。洛中洛外に激しい飢饉などがあって、親兄弟に離れ、可愛い妻子を失った者は世をはかなんで自殺した。除目②に漏れた腹立ちまぎれや、義理に迫っての死や、恋のかなわぬ絶望からの死、数えてみれば際限がない。まして徳川時代③には相対死になどいって、一時に二人ずつ死ぬことさえあった。

　自殺をするに最も簡便な方法は、まず身を投げることであるらしい。これは統計学者の自殺者表などを見ないでも、少し自殺ということを真面目に考えた者には気のつくことである。ところが京都にはよい身投げ場所がなかった。むろん鴨川では死ねない。深いところでも三尺ぐらいしかない。

　明治④になって、京都府知事が疏水工事を起こして、琵琶湖

投河救助业

据书上记载，京都自古以来就有很多自杀的人。

无论什么时代，大城市里的生存压力总要比农村大。许多人一旦生活中发生了什么不幸，不堪忍受，便会一死了之。自杀原因五花八门，数不胜数——遇上京都城里城外闹饥荒，亲人离散、失去娇妻爱子的厌世者有之；因升官无望一怒之下自杀者有之；为义理所迫、或为情所困而深陷绝望者有之；在德川时期还有成双成对自杀的所谓殉情者。

最简便的自杀方法似乎是投河自尽。不必看统计学家列出的自杀统计表，只要是认真考虑过自杀的人都会意识到这一点。但是，在京都却没有像样的投河之处，跳进鸭川里当然是死不了的，因为最深处也不过三尺而已。

到了明治时期，京都府知事组织修筑河渠，

---

① 本篇原文字数约为 5 900 字，改写后字数约为 5 100 字。
② 「除目」：任命官职的仪式。
③ 「德川时代」：即江户时期，1603—1867 年。
④ 「明治」：明治时期，1868—1912 年。

の水を京に引いてきた。この工事は京都の市民によい水運を備え、よい水道を備えると共に①、またよい身投げ場所を与えることであった。

疏水は幅十間②ぐらいではあるが、自殺の場所としてはかなりよいところである。どんな人でも、深い海の底などでふわふわして、魚などにつつかれている自分の死体のことを考えてみると、あまりいい心持ちはしない。たとえ死んでも③、適当な時間に見つけ出されて、弔いをしてもらいたい心がある。それには疏水は絶好な場所である。どこでも一丈ぐらい深さがあり、水が綺麗である。それに両岸に柳が植えられて、夜は蒼いガスの光が煙っている。先斗町あたりの絃歌の声が、鴨川を渡って聞こえてくる。後ろには東山が静かに横たわっている。雨の降った晩などは両岸の青や紅の灯が水に映る。自殺者の心に、この美しい夜の景色が一種の romance を引き起こして、死ぬのがあまり恐ろしいと思われぬようになり、ふらふらと飛び込んでしまうことが多かった。

しかし、身体の重さを自分で引き受けて水面に飛び降りる刹那には、どんなに覚悟をした自殺者でも悲鳴をあげる。こ

把琵琶湖的水引到京都来。这项工程给京都市民带来水运之便,带来充沛的用水,同时也提供了投河自杀的好地方。

河渠宽约十多二十米,是个自杀的好地方。无论谁,若想到自己尸体在深海里漂浮、被鱼啄食,总会觉得不是滋味;即便要死,也希望自己尸体能被及时发现,得到安葬。因此,这条河渠便成了投河的绝佳场所——各处水深约一丈,水很清澈;两岸种了柳树,一到夜晚绿水濛濛,波光粼粼;先斗街一带的歌声还能隔着鸭川传到这边来;河后边,静静地横卧着东山;下雨的夜里,两岸灯红酒绿映照在水面上……自杀者看了这么美妙的夜景,会在心里唤起一种浪漫情调,死也就显得并不那么可怕,于是毫不犹豫地跳了下去。

然而,当身体重重地坠落到水面的一瞬间,就算是慨然赴死者也会发出惨叫。

① 「～と共に」: 与……同时。
② 「間」: 长度单位,1 间约为 1.82 米。
③ 「たとえ～ても」: 即使……也。

れは本能的に生を慕い死を恐れるうめきである。しかしもうどうすることもできない。水煙を立てて沈んでから皆一度は浮き上がる。その時には助かろうとする本能の心よりほか何もない。手当たり次第①に水を掴む、水を打つ、あえぐ、うめく、もがく。そのうちに弱って意識を失って死んでいくが、もし、この時救助者が縄でも投げ込むと、たいていはそれを掴む。これを掴む時には、投身する前の覚悟も、助けられた後の後悔も心には浮かばない。ただ生きようとする強い本能があるだけである。自殺者が救助を求めたり、縄を掴んだりする矛盾を笑ってはいけない。

　ともかく、京都にいい身投げ場所ができてから、自殺するものはたいてい疏水に身を投げた。

　疏水の一年の変死の数は、多い時には百名を超したことさえある。疏水の流域の中で、最もよい死に場所は、武徳殿のつい近くにある淋しい木造の橋である。右手には平安神宮の森に淋しくガスが輝いている。左手には淋しい戸を閉めた家が並んでいる。従って人通りがあまりない。それでこの橋の欄干から飛び込む投身者が多い。岸から飛

这叫声是出于贪生怕死的本能,可已经无济于事。落水后,水花四溅,身体下沉后会浮起来一下——人在这时会被一种求生本能主宰,在水里乱抓,乱拍,喘气,呻吟,挣扎……渐渐失去力气,意识模糊,就这样死去——这时如果有人扔下来一条绳子搭救他,他很可能去抓绳子。抓绳子时,绝不会去考虑自杀前的决心和得救后的懊悔,只是一种强烈的求生本能使然。所以我们不应该嘲笑他们:既要寻死,又何必去抓救命绳子。

总之,自从京都多了个投河的好地方后,想自杀的人多选择来这里投河。

每年来这河渠自尽的人数,最多时超过百名。整条河渠中,最适于投河的地方要数武德殿附近一座木桥。右边是平安神宫一带的树林,雾气迷茫;左边有些房子,门窗紧闭,冷冷清清,行人稀少。所以从这木桥栏杆上投河自尽的人很多。

---

①「手当たり次第」:顺手,抓到什么算什么。

び込むよりも橋からの方が投身者の心に潜在している芝居気を、満足させるものと見える。

　ところが、この橋から四、五間ぐらいの下流に、疏水に沿って一軒の小屋がある。そして橋から誰かが身を投げると、必ずこの家からきまって背の低い老婆が飛び出してくる。橋からの投身が、十二時より前の場合はたいてい変わりがない。老婆は必ず長い竿を持っている。そして、その竿をうめき声を目当てに突き出すのである。多くは手答えがある。もし、ない場合には、水音とうめき声を追いかけながら、幾度も幾度も突き出すのである。それでも、ついに手答えなしに流れ下ってしまうこともあるが、たいていは竿に手答えがある。それを手繰り寄せる頃には、三町①ばかりの交番へ使いに行くぐらいの厚意のある男が、きっと野次馬②の中に交じっている。冬であれば火をたくが、夏は割合に手軽で、水を吐かせて身体を拭いてやると、たいていは元気を回復し警察へ行く場合が多い。巡査が二言三言、不心得を諭すと、口ごもりながら、詫び言を言うのを常とした。

　こうして人命を助けた場合には、一月ぐらい経って政府か

而且,从桥上跳下去比从岸边跳下去更显得戏剧性十足,能满足自杀者潜意识里的表演欲。

不过,离木桥约十来米的下游处沿河有间小屋,只要有人从桥上投河,小屋里就一定会跑出一个矮个子的老太婆来——夜晚十二点前大都没有例外。老太婆手里总是拿着一根长竹竿,循声往水里扎,一般水底下都会有反应。若无反应,老太婆便循水声和叫喊声追去,一边不停地把竹竿伸进水里。除了投河者被水冲走的少数例外,大多数情况下,都会有人抓住竹竿,然后被拉上岸。这个时候,围观人群里一定会有个好心人跑到三百多米外的派出所去报警。自杀者救上来后,倘在冬天,须烤火暖暖身子;夏天则比较省事,吐出肚子里的水、擦干身体,大都很快恢复过来,被送去派出所。通常情况下,警察教训几句不可轻生之类的话,自杀者便嗫嚅着道歉了事。

老太婆救起人后,大约过一个月,

---

① 「町」:长度单位,1町约为109米。
② 「野次馬」:围观者,看热闹的人。

ら褒状に添えて一円五十銭ぐらいの賞金が下った。老婆はこれを受け取ると、まず神棚に供えて手を二、三度たたいた後、郵便局へ預けに行く。

老婆は第四回内国博覧会が岡崎公園に開かれた時、今の場所に小さい茶店を開いた。駄菓子やみかんを売るささやかな店であったが、相当に実入りもあったので、博覧会の建物がだんだん取り払われた後もそのままで商売を続けた。これが第四回博覧会の唯一の記念物だといえばいえる。老婆は死んだ夫の残した娘と、二人で暮らしてきた。小金がたまるに従って①、小屋が今のような小綺麗な住居に進んでいる。

最初に橋から投身者があった時、老婆はどうすることもできなかった②。大声をあげて叫んでも、めったに来る人がなかった。運よく人の来る時には、投身者は疏水のかなり激しい水に巻き込まれて、行方不明になっていた。こんな場合には、老婆は暗い水面を見つめながら、微かに念仏を唱えた。しかし、こうして老婆の見聞きする自殺者は、一人や二人ではなかった。二月に一度、多い時には一月に二度も老婆は自殺者の悲鳴を聞いた。それが地獄にいる亡者のうめきのようで、気

政府发来了感谢信和奖金一元五角钱。老太婆领到钱，先在神龛前拜几拜，拜完后便去邮局存钱。

老太婆早在冈崎公园举办第四届国内博览会时就开了这间小茶馆，还卖些便宜点心、橘子什么的。店面虽小，生意却不错，所以博览会建筑物被逐步拆除之后，唯独这个小店能继续营业，成了第四届博览会保留下来的唯一纪念。老太婆的丈夫去世了，剩下母女两人过活，渐渐攒了点钱，原来的小屋也改造成现在这个漂漂亮亮的住房了。

起先见到有人投河自杀时，老太婆手足无措，大声喊叫也没人来。等到碰巧有人经过时，投河者已经被湍急的河水不知冲到哪里去了。老太婆只能看着黑暗的水面，低声念佛。然而，老太婆耳闻目睹的投河自杀者，并不止一两人，大约两个月一次、多时一个月两次，总能听见投河者的惨叫声——听起来像是来自地狱鬼魂的呻吟。

①「〜に従って」：随着……
②「どうすることもできない」：没有办法，无计可施。

の弱い老婆にはどうしても堪えられなかった。とうとう老婆は、自分で助けてみる気になった。よほどの勇気と工夫とで、老婆が物干しの竿を使って助けたのは、二十三になる男であった。主家の金を五十円ばかり使い込んだ申し訳なさに死のうとした、小心者であった。巡査に不心得を諭されると、この男は改心をして働くと言った。それから一月ばかり経って、彼女は府庁から呼び出されて、褒美の金をもらったのである。その時の一円五十銭は老婆には大金であった。彼女はよくよく考えた末①、その頃やや盛んになりかけた郵便貯金に預け入れた。

　それから後というもの②は、老婆は懸命に人を救った。そして救い方がだんだんうまくなった。水音と悲鳴とを聞くと、老婆は急に身を起こして裏へ駆け出した。そこに立てかけてある竿を取り上げて、漁夫が鉾で鯉でも突くような構えで水面を睨んで立って、あがいている自殺者の前に竿を巧みに差し出した。竿が目の前に来た時に取りつかない投身者は一人もないといってよかった。それを老婆は懸命に引き上げた。通りがかりの男が手伝ったりする時には、老婆は不興

生性怯懦的老太婆终于不堪忍受，决定自己去救人。第
一次时，老太婆鼓足勇气、想尽办法，才用晾衣服的竹竿
把人救上来。被救起的是个二十三岁的小伙子，是个胆
小怕事之人，因偷用了主人家五十元钱，心生愧疚而寻短
见。被警察教训说不该轻生后，便回心转意说要好好干
活。大约过了一个月，老太婆被叫去市府，领了奖金。当
时的一元五角钱对老太婆来说是笔大数目，她考虑了好
久，最终决定把钱存入当时刚刚兴起的邮政储蓄。

　　从那以后，老太婆总是奋力救人。而且，救人方法也
日渐熟练。一听到水声和喊叫声，她就马上起身跑到屋
后，拿起竖在那里的竹竿，来到河边，摆出一副渔夫叉鱼
的架势凝视水面，把竹竿轻巧地伸向在水中挣扎的自杀
者。可以这么说，当竹竿送到眼前时，没有一个人不伸手
去抓的。老太婆用力把他拉上来。有时候路人过来帮
忙，老太婆却很不高兴，

---

①「～末」：前接动词过去式，表示"经过……之后"。
②「～というもの」：前接表示时间的词语，起强调作用。

であった。自分の特権を侵害されたような心持ちがしたか
らである。

　老婆はこのようにして、四十三の年から五十八の今まで
に、五十いくつかの人命を救っている。だから褒賞の場合
の手続などもすこぶる簡単になって、一週で金が下るよう
になった。政庁の役人は「お婆さんまたやったなあ」と笑い
ながら、金を渡した。老婆も初めのように感激もしないで、
茶店の客から大福の代①をもらうように、「おおきに」②と言
いながら受け取った。世間の景気がよくて、二月も三月も投
身者のない時には、老婆はなんだか物足りなかった。娘に
浴衣地をせびられた時などにも、老婆は今度一円五十銭も
らったらと言っていた。その時は六月の末で、例年ならば投
身者の多い季であるのに、どうしたのか飛び込む人がなかっ
た。老婆は毎晩娘と枕を並べながら、聞き耳を立ててい
た。それで十二時頃にもなって、いよいよだめだと思うと「今
夜もだめだ」と言って目を閉じることなどもあった。

　老婆は投身者を助けることを非常にいいことだと思って
いる。だから、よく店の客などと話している時にも「私で
も、これで人さんの命をよっぽど助けているから、極楽へ行

似乎觉得自己的特权受到了侵害。

　　如此这般地,老太婆从四十三岁开始到今年五十八岁,总共救起了五十多条人命。所以奖励手续也简化了,一个星期内奖金便可发下来。政府官员一边给她发钱,一边笑着说:"老太太,您又救人啦。"老太婆收到奖金时也不像当初那样激动,只说了句"谢谢"便接过钱来,仿佛在茶馆里从客人手里接过茶钱一样。有一段时间由于经济比较景气,接连两三个月没人投河自杀,老太婆就觉得有点儿失落。女儿央求说要买浴衣衣料时,老太婆说:"等下次领来一元五角钱就去买。"时值六月末,按往年是投河自尽的多发季节,可是不知何故今年却没什么人投河。老太婆每晚和女儿躺在床上还一边竖起耳朵听,直等到十二点也没什么动静时,老太婆就失望地说:"今晚又没指望啦。"然后快快去睡。

　　老太婆认为救人是件大善事,所以在店里常逢人便说:"我救了这么多人,将来一定能上天堂的。"

---

① 「大福の代」:茶钱。
② 「おおきに」:关西地区的方言,意为"谢谢"。

けますわ」と言っていた。むろんそのことを誰も打ち消しはしなかった。

　しかし老婆が不満に思うことが、ただ一つあった。それは助けてやった人たちが、あまり老婆に礼を言わないことである。巡査の前では頭を下げているが、老婆に改めて礼を言うものはほとんどなかった。まして後日改めて礼を言いに来る者などは一人もない。「せっかく命を助けてやったのに、薄情な人だなあ」と老婆は腹のうちで思っていた。ある夜、老婆は十八になる娘を救ったことがある。娘は正気がついて自分が救われたことを知ると、身も世もない①ように泣きしきった。やっと巡査にすかされて警察へ同行しようとして橋を渡ろうとした時、娘は巡査の隙を見て再び水中に身を躍らせた。しかし娘は不思議にもまた、老婆の差し出す竿に取りすがって救われた。

　老婆は、再度巡査に連れられて行く娘の後ろ姿を見ながら、「何遍飛び込んでも、やっぱり助かりたいものだなあ」と言った。

　老婆は六十に近くなっても、水音と悲鳴とを聞くと必ず竿を差し出した。そしてまたその竿に取りすがることを拒ん

当然，谁也没有反驳她。

令老太婆感到不满的只有一点——被救起的人很少向自己道谢。他们会在警察面前低头道歉，可是向自己道谢的却寥寥无几，日后再来上门答谢的更是一个都没有。老太婆心想："我好不容易救了你，却连声感谢都没有，真是无情无义！"一天夜里，老太婆救起了一个十八岁的姑娘，姑娘清醒过来后，得知自己被救便不顾一切地号啕大哭。好不容易被巡警劝服一起去警察局，经过那木桥时，竟趁巡警不留神又纵身跳进水里。而这一次，她依然还是抓住老太婆伸来的竹竿，又一次被救了上来，真不可思议。

老太婆看着再次被巡警带走的姑娘背影，说道："不管你跳多少次，还是愿意让人救上来嘛！"

老太婆年近六十了，可只要一听到水声和喊叫声，就一定会拿着竹竿跑出来相救。

----

① 「身も世もない」：因悲伤、绝望而什么都不顾。

だ自殺者は一人もなかった。助かりたいから取りつくのだと老婆は思っていた。助かりたいものを助けるのだから、これほどいいことはないと老婆は思っていた。

今年の春になって、老婆の十数年来の平静な生活を、一つの危機が襲った。それは二十一になる娘の身の上からである。彼女は熊野座という小さい劇場に、嵐扇太郎という旅役者とありふれた関係に陥っていた。扇太郎は巧みに娘を唆し、母の貯金の通帳を持ち出させて、郵便局から金を引き出し、娘を連れたままいずこともなく①逃げてしまったのである。

老婆には驚愕と絶望とのほか、何も残っていなかった。ただ店にある五円にも足りない商品と、少しの衣類としかなかった。それでも今までの茶店を続けていけば、生きていけないことはなかった。しかし彼女には何の望みもなかった。

二月もの間、娘の消息を待ったが徒労であった。彼女にはもう生きていく力がなくなっていた。彼女は死を考えた。幾晩も幾晩も考えた末に、身を投げようと決心した。そして堪えがたい②絶望の思いを逃れ、一には娘への見せしめにしようと思った。身投げの場所は住み慣れた家の近くの

而且,没有一个投河者拒绝她伸来的竹竿。老太婆想:
他们是因为想活命才抓住竹竿,所以自己搭救这些想活
命的人,实在是天大的好事。

今年春天,老太婆十多年来的平静生活中出现了危
机,这源自于她那刚满二十一岁的女儿。她在"熊野座"
小剧场和一个名叫岚扇太郎的江湖艺人好上了,岚扇太
郎花言巧语地唆使她偷走母亲的存折,从邮局取了钱,然
后带上她一起远走高飞,不知所终。

老太婆深陷惊愕和绝望。除了店里不足五元的商品
和少量衣物,她一无所有。当然,只要继续把茶馆经营下
去,还是可以维持生计的。可是她已经失去了任何希望。

两个月来,老太婆一直在等女儿的消息,可是却音讯
全无。她已经无力再继续活下去,于是想到了死。一连
想了好几晚,最后她决心投河自尽,这样就可以摆脱这种
难以忍受的绝望,而且也算是对女儿的一种惩罚。投河
地点她就选择在自家附近的那座木桥。

---

① 「いずこともなく」:相当于「どこともなく」,意为"不知何
处"。
② 「～がたい」:前接动词连用形,表示"难于……"。

橋を選んだ。あそこから投身すれば、もう誰も邪魔する人は
なかろう①と、老婆は考えたのである。

　老婆はある晩、例の橋の上に立った。自分が救った自殺者
の顔がそれからそれと頭に浮かんで、しかも、すべてが一種
妙な皮肉な笑いを湛えているように思われた。しかし多く
の自殺者を見ていたお陰には、自殺をすることが家常茶飯の
ように思われて、大した恐怖をも感じなかった。老婆はふら
ふらとしたまま、欄干からずり落ちるように身を投げた。

　彼女がふと正気づいた時には、彼女の周囲には、巡査と
野次馬とが立っている。これはいつも彼女が作る集団と同
じであるが、ただ彼女の取る位置が変わっているだけである。
野次馬の中には巡査のそばに、いつもの老婆がいないのを不
思議に思うものさえあった。

　老婆は恥ずかしいような憤ろしいような、名状しがたい
不愉快さをもって周囲を見た。ところが巡査のそばのいつ
も自分が立つべき位置に、色の黒い四十男がいた。老婆
は、その男が自分を助けたのだと気のついた時、彼女は掴み
つきたいほど②、その男を恨んだ。いい心持ちに寝入ろう

她想：在那儿跳，谁也不会来阻拦的。

这天晚上，老太婆站在桥上，眼前浮现起自己曾经搭救过的自杀者的一张张面孔，他们脸上似乎充满了嘲讽的笑意。然而，老太婆对自杀者都司空见惯了，所以觉得自杀也像家常便饭一样，没什么可怕的。于是，她摇摇晃晃地从栏杆上滑落下去。

当她醒过来时，发现周围站着巡警和许多围观的人——这种情形似曾相识，只是她的位置发生了变化。围观者里甚至有人觉得很奇怪——巡警身边竟然不见那个熟悉的老太婆。

老太婆恼羞成怒地看着周围，心中郁愤难以形容。巡警身旁那本应属于自己的位置，现在却站着一个约四十岁、肤色黝黑的男人。当她意识到就是这个人救了自己时，恨不得上前一把揪住他。她心中十分愤怒，

①「なかろう」：是「ない」的推量形，相当于「ないだろう」。
②「ほど」：表示程度。

とするのを叩き起こされたような、むしゃくしゃした激しい怒りが、老婆の胸のうちに満ちていた。

男はそんなことを少しも気づかないように、「もう一足遅かったら、死なせてしまうところでした①」と巡査に話している。それは、老婆が幾度も巡査に言った覚えのある言葉であった。そのうちには人の命を救った自慢が、ありありと溢れていた。

老婆は老いた肌が、見物にあらわに見えていたのに気がつくと、慌てて前を掻き合せたが、胸のうちは怒りと恥とで燃えているようであった。見知り越しの巡査は「助ける側のお前が自分でやったら困るなあ」と言った。老婆はそれを聞き流して逃げるように自分の家へ駆け込んだ。巡査は後から入ってきて、老婆の不心得を諭したが、それはもう幾十遍も聞き飽きた言葉であった。その時ふと気がつくと、開けたままの表戸から例の四十男をはじめ②、多くの野次馬がものめずらしく覗いていた。老婆は狂気のように駆けよって、激しい勢いで戸を閉めた。

老婆はそれ以来、淋しく、力無く暮らしている。彼女には

这种心情就像睡得正香时忽然被人叫醒。

　　那个男人好像并未留意，对巡警说道："要是我来晚一步的话，她就没命啦！"——这句话老太婆曾经对巡警说过无数次，话里分明流露出救人者的一种得意之情。

　　老太婆忽然发现自己皱巴巴的肌肤还裸露在众人面前，慌忙合拢前面的衣服，心中又羞又怒。那名相识的巡警对她说："你一向救人的，现在连你也要自杀，这可就麻烦啦。"老太婆充耳不闻似的逃回自己家里去。巡警紧随其后进来，教训了她一顿——这番话老太婆曾听过不下几十遍，早就听腻了。她忽然发现门开着，那个四十岁男人和其他人正站在门口很好奇地看热闹。于是她发疯似的跑过去，狠狠地把门关上。

　　从那之后，老太婆有气无力地过着孤苦的生活，

------

① 「～ところだった」：前接动词原形，表示"差一点就……"。
② 「～をはじめ」：以……为首。

自殺する力さえなくなってしまった。娘は帰りそうにもない①。泥のように重苦しい日が続いていく。

　老婆の家の背戸には、まだあの長い物干し竿が立てかけてある。しかし、あの橋から飛び込む自殺者が助かった噂はもう聞かなくなった。

她连自杀的力气都没有了。女儿似乎永无归期。日子像陷入泥潭一般死气沉沉。

那根长竹竿依然竖在老太婆家的后门旁边,只是大家再也听不到从那木桥投河自尽的人被救上来的消息了。

---

① 「～そうにもない」：前接动词连用形,是样态助动词「～そうだ」的否定形式。

若杉裁判長①

　　△△△地方裁判所の、刑事部の 裁判長 をしている、判事若杉浩三氏は若い時、かなり 敬虔 なクリスチャンでありました。

　　が、普通クリスチャンの青年が、社会に出てしまうと、まるきり物忘れをしたように、けろりとクリスチャンでなくなるように、若杉さんも、いつの間にか、青年時代の信仰 をどこかへ置き忘れていました。それは、大学時代に作ったたくさんのノートの中へ置き忘れたのか、それとも司法官試補の時にむやみに追い使われた、ある地方の区裁判所の事務所のベンチに置き忘れたのかわかりません。

　　が、今では若杉さんは、決してクリスチャンではありません。誰が見ても、あの法服を着て法廷に澄まし込んでいる若杉裁判 長 が、青年時代に、熱烈な信仰 を抱いていたことには、気がつきますまい②。が、若杉裁判長 の青年時代の信仰 も、やっぱりどこかに痕跡を残していたようです。

若杉法官

　　若杉浩三是×××地方法院刑事部门的法官,他在年轻时曾经是个虔诚的基督教徒。

　　一般而言,许多年轻的基督教徒在踏入社会后,往往会把基督教抛诸脑后,忘得一干二净。若杉也一样,不知不觉便忘掉了青年时期的信仰——是遗忘在大学时期那许多笔记本里了?还是因为当见习法官时被使唤得团团转,而把信仰遗忘在地方法院办公室里的长凳上了?

　　若杉现在已经绝对不是一个基督教徒了。看他现在身穿法官制服一本正经地坐在法庭上,谁也不会想到他曾虔诚地信仰基督教。然而,年轻时的信仰还是多多少少留下了一些痕迹。

---

① 本篇原文字数约为 10 200 字,改写后字数约为 6 900 字。

② 「～まい」:此处表示否定的推量,相当于「～ないでしょう」。

それはほかでもありません。若杉裁判長は、罪人に対して非常に深い同情を持っていたことです。ことにその罪人が、犯した罪を少しでも後悔し、懺悔でもしているような様子が見えると、裁判長の判決は、立会の検事を呆気にとらせるほど、寛大でありました。

が、時々は、若杉さんに対して、課刑が寛大に失するという非難がないでもありませんでした。そうした非難をする人でも、若杉裁判長の人格の底深く植えつけられた信念の力強さを知ると、いつの間にか、そうした非難を忘れるともなく、捨ててしまうようでした。

若杉裁判長が、いかにも①人情を噛み分けた、同情の溢れるような判決を被告に下した実例は数え切れないほどあります。放蕩無頼の兄が、父にたびたび無心をしたあげく②、父が応ぜぬのを憤って、棍棒を振って、打ってかかったのを居合せた弟が見るに見兼ね、棍棒をもぎ取るなり③、兄をただ一打ちに打ち殺した事件の裁判なども、若杉裁判長の名声を挙げた、名裁判の一つでありました。普通の裁判官なら、たとえ被告に同情をするにしても、尊親族殺人という

　　这就是——若杉法官对犯人常常深怀同情心。特别是当他看见犯人对自己的罪行幡然悔悟时，便会从轻判决，甚至使在场的检察官目瞪口呆。

　　当然，也有人批评若杉法官量刑过于宽大。但当他们得知若杉法官思想深处那根深蒂固的宗教信念后，渐渐地也就不再批评他了。

　　若杉法官常常从情感出发，满怀同情心地对被告作出从轻判决，这样的案例数不胜数。例如，下面这个案子的审判曾使若杉法官名声大振——有一家人，哥哥在外吃喝玩乐，一回家便向父亲要钱，见父亲不给，一气之下棍棒相加。弟弟在旁看不过眼，夺过棍棒一下把哥哥打死了。——若是一般法官，即便同情被告，但杀害亲兄罪名难免，

---

①「いかにも」：与后面的「～ようだ」搭配，表示"看上去确实……"。
②「～あげく」：前接动词过去式，表示消极的结果。
③「～なり」：前接动词原形，表示"一……就……"。

罪名に拘泥して、どんな酌量をしても四、五年の実刑は課
したでしょう。が、若杉裁判長は、罪を憎んで五年の懲役
を言い渡すと同時に、執行猶予の恩典を付けることを忘れま
せんでした。この被告については、村の村長を筆頭として、
百五十名が連署した嘆願書が出ていたほどですから、当人
をはじめ、一村挙って小躍りして喜びました。

　まだ、こんな事件を数えるなら、いくつもあるでしょう。若
杉裁判長としても、刑法の涙ともいうべき執行猶予の
恩典を十分に利用して、どちらかといえば、機械的に失しや
すい法律の運用に、一味の人情味を加えるということは、裁
判官としても、愉快なことであるに違いありません①。

　そうしたわけで、五万以上も人口のあるこの△△△市で、
若杉裁判長といえば、名裁判長として令名が嘖々たるも
のでありました。

　が、若杉さんの令名が、頂上に達した頃でしょう。次に
お話しするような、事件が起こりました。誰でも、一度か二度
かは、地方の新聞紙で見たことがあると思いますが、関西地
方には、しばしば起こる、あの「中学生のジゴマ②」という事
件です。これは活動写真③の悪影響の一つだといって、世

无论如何从轻，至少也得判个四五年吧。而若杉法官在宣判了五年徒刑后，同时又恩准了"缓期执行"。案发后，村长和一百五十名村民曾联名上书，请求对被告从轻发落，所以当判决一下来时，被告以及全村人都雀跃欢呼。

类似的案例还有很多。若杉法官很善于利用"缓期执行"这一恩典，把它视同"刑法之眼泪"，可以给过于死板的法律带来一些人情味——作为法官，应该也是欣然接受的。

因此，在这五万多人的×××市，提起若杉法官都有口皆碑。

就在若杉法官名声大噪时，发生了一起案子。这种案件，大概谁都曾在地方报纸上看到过一两次报道吧，在关西地区倒是经常发生，这就是所谓的"中学生席哥玛"案件。许多有识之士认为学生犯罪是受了电影的不良影响，

---

① 「～に違いない」：一定……
② 「ジゴマ」：法国电影《Zigomar》的主人公，是某强盗团伙的首领。该片 1911 年在日本上映。因为片中宣扬了江洋大盗，对学生造成不良影响，后被禁止放映。
③ 「活動写真」：电影的旧称。

の識者たちが活動写真を非難する材料の一つとしているようですが、ちょうど△△△市にも、「中学生のジゴマ事件」が起こって市民の目を欹てしめました。しかも、その犯人が、規律の厳粛で評判のよい、県立中学の生徒で、しかも級長をしている優等生で、そのうえ、色白の美少年であったというのですから、世人を驚かしたのも無理はありません①。

犯罪の手段は、やっぱり紋切型②の通り、その少年は、△△△市の町外れにある、ある富豪の家に脅迫状を送って、「何月何日の夜に、鎮守の八幡の大鳥居の下へ、金二百円を新聞包みにして置くこと。もし実行しないならば、全家を爆裂弾をもって焼き払うべし。」というたわいもないことを並べたてたのです。その家でもどうせ質の悪い悪戯だろうということで、そのまま打ち捨てておきますと驚くじゃありませんか、ちょうどその約束の日の前夜に、その富豪の家の門前に当たって、一大爆音が聞こえたというのです。が、これはおそらくこの事件を伝えた新聞紙の誇張であったのでしょう。当の犯罪者の少年は、癇癪玉を一緒に、三つばかりぶつけたと言っておりますから、そんな大した音のしなかったの

把案子当作批判电影的材料之一。刚好,这时在×××市也发生了一起引人注目的"中学生席哥玛"案件——犯人是个县立中学的学生,据说平时遵守纪律,成绩优秀,还是个班长,而且肤色白皙,长相英俊……所以案发后大家都十分震惊。

犯罪经过有点千篇一律:这个少年给×××市郊外一个有钱人家寄了封恐吓信,信中乱写道:"某月某日夜晚,须用报纸包好两百元放到八幡神社的牌坊下面,否则,用炸弹炸飞你全家。"那家人起初也不相信,觉得不过是谁的恶作剧,想不理它,可是到指定期限的前一晚,果然听到家门口传来爆炸声响——这可能是报纸说得有点夸张了,因为据那少年后来招供,他只是把三个摔炮儿扔在地上而已,并没那么大声。

---

①「無理はない」: 理所当然。
②「紋切型」: 千篇一律,老一套。

は確かです。脅迫状のために、内心いくらかびくついていた富豪の一家が、この爆音を聞いて、色を変じたというのは、あながち①誇張ではありますまい。捨てておいては一大事というので、早速警察へ人をやりまして、脅迫状が舞い込んでからの一部始終を訴え出ました。

　長い間、事件がなくて、閑散に苦しんでいた警察は、この訴えを聞いて蘇ったように活動を始めました。脅迫状に指定された翌晩が来ると、警察署長以下、警部一名、刑事巡査六名がことごとく変装して、鎮守の森を遠巻きにしたそうです。そして柔道初段という刑事と、撃剣が三級という腕っ節の強い刑事とが、選ばれてその大鳥居の陰に身を隠しました。そして、いかにも札束でも入っていそうな新聞包みを、その鳥居のちょうど真下に置きました。

　その晩は非常にいい月夜で、刑事たちも一種ロマンチックな心持ちで、ジゴマ団の襲来を待っていました。すると、刑事たちがいい加減退屈した頃に、爪先上がりになった参詣道を、マントを着た一人の男が急ぎ足に上ってきたそうです。刑事たちは、固唾をのみました②。そして、少しでも、その男

可是，那户人家本来收到恐吓信就有点神经兮兮的，再听到爆炸声，自然就惊惶失措了，心想这下可不得了，便立刻派人去报了警，一五一十地报告恐吓信的经过。

警察们好久没接到案子正闲得慌，一听这事，马上来了精神，准备行动。按恐吓信指定的时间，第二天晚上，警察局长派了一名警长和六名刑警着便装出动，来到神社附近的小树林，远远地包抄过来。其中两名刑警受命隐藏在牌坊后的阴影处，这两人，据说一人是柔道初段，另一人是击剑三级，臂力过人。他俩在牌坊正下方放了一个纸包，看起来里面像包着钱似的。

当晚月光皎洁，刑警们带着几分浪漫的心情等候江洋大盗来袭。正当他们等得有些不耐烦时，忽然见到斜坡山道上走来一人，身披斗篷，脚步急促。刑警们屏息注视，

---

①「あながち」：后与否定搭配，表示"不一定……"。
②「固唾をのむ」：屏住呼吸，紧张地注视着事态发展。

に不審な挙動がありましたら、すぐ飛びかかろうという、身構

えをしました。すると、その男は、鳥居の下まで来て、足を止

めたかと思うと①、一度あたりを見回してから、夜目にも白

く②その新聞包みをそっと取り上げたではありませんか。

　柔道の方の刑事が、獅子が獲物にでも飛びつくような勢い

で、電光のように飛びかかりました。刑事は、むろん

一大格闘を予期して飛びついたのですが、案外にも刑事の強

い腕には、女のような華奢な身体が触りました。撃剣の方

の刑事が吹いた呼び子で集まった署長以下の五人は、この

少年を一目見ると、皆おやおやという顔をしました。

　が、その弱々しい少年が、この恐喝取財未遂の犯人に相

違ありませんでした③。

　その少年が、轟々たる世評のうちに、公判に付されたの

は申すまでもありません④。全体、未成年者でもあるし、微罪

不検挙になるはずであったのですが、この少年が、癇癪玉で

もって実際に恐喝したということが、この少年のために、非

常に不利な結果を及ぼしました。

　が、この少年が予審で有罪になり、公判に付されること

只待看他有可疑举动，便准备立马扑上去。那人走到牌坊下面停下来，环顾四周，然后悄悄地捡起那个纸包——这些举动在月光下看得一清二楚，于是擅长柔道的那名刑警像闪电般地扑上去，仿佛狮子扑向猎物似的。他本来预料着有一场恶斗，可是他那强劲有力的手臂触碰到的，却是个柔弱得像女孩的身体。另一名擅长击剑的刑警吹响警笛，其他刑警闻声赶来，一看见这个少年，大家都目瞪口呆。

然而，恐吓勒索钱财未遂的犯人，正是眼前这个柔弱少年无疑。

对少年的审判自然成了舆论焦点。大家一致认为：他既是未成年人，且罪行轻微，本来可以放了的；但是他用摔炮儿实施恐吓的行为却对他十分不利。

这个少年在预审中被判有罪，提交公审。

---

① 「～かと思うと」：一……就……
② 「夜目にも白い」：在黑夜里也看得一清二楚。
③ 「～に相違ない」：一定……相当于「～に違いない」。
④ 「～までもない」：不必……

なっても、この少年の同情者は、あまり失望しませんでした。公判となれば裁判長は若杉さんだ、実刑を課するようなことは決してあるまいと、皆が思っていたからです。

　第一回の公判が開かれました。若杉裁判長の冒頭の尋問には、被告に対する溢れるような同情が見えました。被告の少年も、臆面もなく犯罪事実を述べたてました。そして、少年の無鉄砲さが、時々裁判長を苦笑させました。実際、この少年は、冒険譚などにかぶれた少年が往々無鉄砲なことをやるのと同じような意味で、しらずしらずこの大それた犯罪に陥ったようです。要するに、少年に特有なロマンチックな傾向が、つい邪道に陥ったのに過ぎませんでした①。若杉裁判長は、少年の心理に、十分同情することができました。だから、立会の検事が、少年の心理に少しの理解を持たない峻厳な論告をした時、どうしても、心のうちで首肯することができませんでした。

　弁護士の熱烈な弁護を聞かない前から、執行猶予を与えるということは、裁判長の肚の中では、もう決まっていたらしいです。弁護士は、二時間に近いほどの雄弁を振いました。

然而同情他的人却并没有太失望,因为大家都认为:既然是若杉法官主持公审,一定不会给他判刑的。

在初审时,若杉法官从一开始审问,对被告的同情便溢于言表。被告少年一五一十地讲述犯罪经过,毫不羞怯。他的无知莽撞时时令人苦笑。沉迷于冒险故事中的少年人往往会做出一些莽撞的行动,其实,这个少年也和他们一样,不知不觉便犯下大罪。归根结底,是少年所特有的浪漫情结引他走上了邪路。若杉法官非常同情他,对检察官的总结陈词不以为然,觉得他们过于严厉,没有去理解少年的心理。

在律师开始辩护前,若杉法官早就想好要实施"缓期执行"了。律师随后展开了近两小时的雄辩,

①「～に過ぎない」: 只不过……

弁護士の弁護の力点は何でも、この少年の犯罪は、この少年自身の罪にあらずして、社会の罪である。換言すれば、教育家と活動写真との罪であるといったふうな主旨でした。が、実際裁判官の眼下に、蒼くなって、神妙に控えている少年を見た時は、誰でも憐憫の情を催さずにはいられませんでした①。色白の丸顔で、愛くるしい少年でした。実際、この少年が、ほんの悪戯でやったことを、警察署が大騒ぎをやって恐喝取財という大事件に拵え上げた観がないでもありませんでしたから。

　　この時、若杉裁判長は、弁護士の弁論を聞きながら、自分の少年時代を回想していました。すると友達の悪太郎に使嗾されて、隣村の林檎畑へ夜襲を行ったことを、歴然と思い出しました。それは少年の心をわくわくさせるようなロマンチックな冒険でした。それは、法律的に解釈すれば、立派な野外窃盗でした。が、少年時代に、ともすれば②誰でも行いやすい奔放な自由な冒険的な悪戯を、ことごとく犯罪視することが、果して正当なことでしょうか。実際、若杉裁判長の心は、この少年に対する同情でいっぱいでありました。むろん、優等生で級長であったという事実も、裁

辩护重点在于：该少年犯罪并非错在自身，而是社会之过——换言之，是教育家和电影的罪责。而且，当他们看见这个脸色苍白的少年乖乖地呆在法庭上时，无不感到一种怜悯之情。这少年肤色白皙，长着一张圆脸，实在惹人怜爱。大家想：这少年只是做了个小恶作剧，警察局就要兴师动众、说什么恐吓勒索，未免有点小题大做。

若杉法官听着律师辩论，不禁回想起自己的少年时期——他曾在几个顽皮伙伴的唆使下，趁夜黑去邻村果园里偷摘苹果。对于一个少年人来说，这是一次令人兴奋而又充满浪漫情调的冒险；但如果从法律上来解释，却分明是一桩室外盗窃案。这种自由奔放的冒险行为，在少年时期谁都试过，倘若把它们都视同犯罪，难道就一定公正吗？实际上，若杉法官心里对少年充满了同情。当然，这个少年在校表现良好、担任班长等事实也是有利的影响因素。

---

①「～ずにはいられない」：前接动词未然形，表示情不自禁地……
②「ともすれば」：往往，动不动就……

判長の心を動かしたに違いありません。

　判決言い渡しの日は、この次の月曜日ということになって、法廷は閉じられました。

　翌日の新聞紙は、法廷の光景を伝えると同時に、少年が執行猶予の恩典に浴すべきことを、正確なる事実として、予想してありました。被告の少年に対する同情者も、またこのことについては少しの疑念も抱いておりませんでした。

　ところが、その判決があるという、月曜日の三日前、即ち金曜日の晩に、若杉裁判長の身に、偶然ある事件が起こりました。

　というのは、その金曜日の晩、それは何でも三月の何日かに当たっていました。若杉さんの家では、産後間もない夫人がまだ産褥を離れていない時でした。もう男の子三人のお母さんでしたが、いつもお産が長びくので、産後の衰弱は、傍の見る目も痛々しかったほどです①。で、その晩も、常ならば夜遅くまで騒ぎ回る男の子も、宵から強制的に寝かされていました。そして若杉さんだけは、次の茶の間に身動きもせずに、寝ている妻に時々言葉を掛けながら、書斎で十二時頃まで、書見に耽っていましたが、十二時を打つを合図に②、下

　　审判结果的公布定在下个星期一，暂时休庭。

　　第二天的报纸报道了法庭上的情形，并且言之凿凿
地预测该少年将得到"缓期执行"的恩准，对被告少年心
怀同情的人们也深信不疑。

　　然而，在判决结果公布日的三天前，也就是星期五那
天夜里，若杉法官家里发生了一件事。

　　时值三月，若杉的夫人刚生完孩子没多久，在坐月
子。虽然她已经是三个男孩的母亲，不过产后还是很虚
弱，让人看了觉得心疼。当晚，平时吵闹到很晚的几个小
孩都被早早赶上床去睡觉了。只剩若杉自己在书房里埋
头看书，偶尔和一动不动地躺在隔壁房间的妻子说说话。
听到十二点钟声敲响，

---

① 「～ほどだ」：表示程度，相当于「～ぐらいだ」。
② 「～を合図に」：以……为信号。

女がその部屋に敷いておいた床の中へ入りました。その時次の間の妻に、言葉を掛けましたが、もう寝てしまったと見えて①返事はありませんでした。

　幾時間経ったでしょう。若杉さんは、ふと目を覚ましました。すると、夫人が寝ている茶の間とは反対の側の居間の方から、コトコトという音が聞こえてきました。若杉さんは、大方鼠どもが、居間の棚の上を駆け回っているのだと思って、再び目を閉じましたが、その物音は、うるさく続いてきました。

　が、いつもは鼠が居間で暴れることはないはずなのにと考えていると、若杉さんはようやく、鼠が暴れる原因がわかりました。それは、妻の産見舞として、到来したたくさんの菓子箱や果物籠などを、棚の上に積み重ねてあったことです。それと気がつくと、若杉さんは声を出して、鼠を追おうと思いましたが、次の間に寝ている妻を驚かしてはならぬと気がつくと、そっと自分で床を抜け出して、枕元に袖だたみにしてあった着物を着流し、寝るときに消しておいた電灯を捻りました。そして妻を起こさぬようにと抜き足して、居間の方へ近づいて、襖を開けました。書斎の電灯の光が開いた

　　若杉便准备睡觉,女佣人早已把书房里的床铺好。若杉
向隔壁的妻子道晚安,不见回答,想必是睡着了。

　　大概过了几个小时后,若杉忽然醒来,听到从妻子房
间的对面房传来窸窸窣窣声响。他想可能是老鼠在柜子
上乱窜吧,就继续睡觉。可是那声响却一直持续不停。

　　若杉心想:平时好像没什么老鼠呀。过一会儿才恍
然大悟:最近探望妻子的亲友们送来了很多点心、水果,
都一箱箱堆放在柜子上,一定是它们把老鼠招来的。想
到这里,若杉想大喊几声把老鼠赶跑,可又怕惊动了隔壁
的妻子,便悄悄起身,披上放在枕边的衣服,拧开睡前熄
灭的电灯。为了不惊动妻子,他蹑手蹑脚地走近那个房
间,推开门,

①「～と見えて」:看来……似乎……

襖の間から次の間を照らしましたが、それはほんの中央部だけでした。

　若杉さんは、何の気なしに次の間へ足を踏み込みました。が、その刹那、ただならぬ気配が、電灯の光の及ばない箪笥の置かれた片隅でいたしました。人だ泥棒だと、若杉裁判長は、電気に打たれたようにそこに立ち尽くしました。すると、その闇の中から頑丈な一人の大男が、すっくとばかり、若杉さんの目の前に立ちました。実際、若杉さんは、今まで被告席に畏まっている大人しい窃盗や強盗や殺人犯なら、幾人見たかわかりません。たいていは、ぺこぺこ頭を下げて、神妙に縮み上がっている男ばかりでした。が、今宵若杉さんの前に立っている本当の泥棒は、そう大人しい人間ではありません。見つけられたからは、居直ってやろうという肚を、ありありと見せていました。そこには、裁判官と被告という関係の代わりに、赤裸々な人間同士の力ずくの関係しか、予期されませんでした。一秒、二秒、三秒、泥棒の方でも、動きませんでした。若杉さんの方でも動きませんでした。若杉さんは、全身を押し詰まされるような名状しがたい①不快な圧迫を感じていました。が、その中でも、若杉さんの理

书房的灯光照过来能看见房中间一小片地方。

　　若杉不以为意地走进房间，这一刹那，他忽然感觉到有人躲在柜子旁那片灯光照不到的角落里——有小偷！若杉一下愣住了，如遭电击。黑暗中，那个健壮男子忽然霍地站了起来。其实，要说小偷、强盗、杀人犯，若杉可见得多了——他们大都规规矩矩地呆在被告席上，点头哈腰，十分顺从。然而，现在站在若杉面前这个真正的小偷，却并不那样老实——他想既然被发现，干脆就不躲藏了，凶相毕露。在这里，不再是法官和被告的关系，而纯粹是两人之间靠力气决一胜负的关系。一秒，两秒，三秒……小偷没有动，若杉也没动。若杉全身感受到一种无法形容的压抑感，非常难受。

①「名状しがたい」: 不可名状，难以形容。

性は、懸命の力をこめて、善後策を講じていたのです。男
の意地としても、裁判官の威厳を保つためにも、泥棒ぐらい
は取り押えることが、必要でした。が、その格闘の恐ろしいも
のの音が、産褥にある妻に与える激動、また居間の向こうの
六畳に寝ている、幼い三人の愛児に与える驚きと危険と
を考えると、若杉さんの手は、どうしても伸びなかったそうで
す。若杉さんは、この泥棒に相当の金をやって無事に帰って
くれと哀願しようとさえ考えたくらいです①。が、それも裁
判官としては、あまりに威厳のないことでした。その時に、ふ
と「泥棒は逃せばよい」という考えが浮かびました。若杉さ
んは、泥棒の不意の襲撃を避けるために、二、三歩後ろへ退
きながら「わあーっ」と力限りの大声を出しました。

　が、その声は、まったく予期しない結果を引き起こしました。
若杉さんは、自分の声が終わるか終わらぬかに②、次の部屋か
ら夫の声に怯えた妻の恐ろしい悲鳴を聞きました。それと、
同時に居間の向こうの部屋からは三人の愛児が、驚いて泣き
出しました。親子五人の声に驚いたと見え、泥棒はいつの
間にかいなくなっていました。むろん、一物も盗んではいませ
んでした。

他心里在努力思考应该采取什么应对措施。作为一个男子汉，为了维护法官的威严，应该当场把小偷制伏；但他又担心搏斗声响惊吓到卧床的妻子，害怕正在对面房间熟睡的三个小孩受惊吓和危险，所以若杉迟迟不敢动手，他甚至还想给小偷点钱请求他离开——然而身为法官，这又未免威严尽失。这时，一个念头闪过："把小偷放跑算了"。想到这里，若杉后退两三步以防对方突然袭击，然后用尽全力"哇——"地大喊一声。

　　这一喊引发的后果却超出了他预料。喊声未落，便从隔壁房传来妻子的惊叫，她被丈夫喊声吓着了。与此同时，对面房间的三个小孩也受到惊吓，嚎啕大哭。那小偷显然被这一家大小的哭喊声吓到，不知何时悄悄溜走了。当然，什么东西也没偷到。

----

①「～くらいだ」：表示程度。
②「～か～ないかに」：一……就……还可说成「～か～ないうちに」，或「～か～ないかのうちに」。

　が、衰弱した身体にそうした激動を受けた夫人は、急に高熱が出たのも無理はありません。その翌日は、四十度に近い熱が一日続きました。その上、極度に過敏になった夫人の神経は、些細な物音にも怯えるようになりました。主治医は、夫人の生命そのものについても、憂慮を抱くようになりました。

　その上、三人の愛児までが、その夜のできごとがあって以来①、妙にものに怯える臆病な子供になりました。

　若杉さん自身も、あの泥棒と相対峙した一分間ばかり②の、息も詰まるような、不快な、不安な圧迫から、なかなか抜けきることができませんでした。

　若杉さんは、盗賊に見舞われた不快な印象を、まざまざと頭の中に浮かべながら、こういうことを考えました。自分は学校を出てから十四、五年の間、罪ということばかりを、考えてきた。そして、その罪に適当な刑罰を課することを、自分の職責としてきた。が、実際自分は本当に罪ということを正当に考えてきたであろうか。それは、あまりに罪を抽象的に考えてきたのではあるまいか。罪人の側からのみ、罪を考えていたのではあるまいか。自分の目の前に畏

　　然而，身体虚弱的妻子受惊吓之后，第二天突然发起高烧，差不多烧到四十度，一整天都没退。而且，神经也变得有点过敏，听到一点点声响都觉得很害怕。主治医生甚至担心她的生命危险。

　　从那以后，三个小孩也变得格外胆小。

　　若杉自己则常常回想起和小偷对峙一分钟时那种压抑不安的情形，很难从那阴影中走出来。

　　若杉脑里时时浮现出被小偷光顾的情形，一边想：自己从学校毕业以来这十四五年里，一直在思考犯罪问题，而且以量刑定罪为己任，可是自己对于罪责的思考是公正的吗？关于罪责，自己的理解或许仅限于抽象层面，而且仅仅从犯人的立场考虑吧！

---

① 「～て以来」：自从……以来。
② 「～ばかり」：此处意为"大约……左右"，相当于「～ぐらい」。

まっている被告が、いかにも大人しく神妙なのに馴れて、彼ら
が被害者に及ぼした恐ろしい悪勢力については、何の考慮
をも費やさなかったのではあるまいか。

そう考えてくると、若杉さんは、自分の過去におい
て下した判決の基礎を為した信念が、だんだん揺らい
でくるのを感じました。若杉さんを襲った賊、それは
罪名からいえば、窃盗未遂でした。が、一家に及ぼした
悪影響を考えれば、身の毛もよだつ①ほどです。夫人
が、それから受けた激動のために発熱し、その発熱のた
めに衰弱して、ついにはそのために倒れるようなこと
があれば、かの盗賊は形式はともかく②、明らかに夫人
を殺したのです。また、三人の愛児が受けた悪い影響
も、金銭をもっては償いがたい、大なる被害に相違あ
りません。その上、若杉さん当人が受けた不快な圧迫
や不安も、無形ではあるが、重大な被害には相違あり
ません。

若杉さんは、生まれて初めて、罪の及ぼす影響を、骨身に
しみる③ほど感じました。

それは、若杉裁判長の、今まで抱いていた罪悪観を、根底

每当见到被告老老实实、规规矩矩站在眼前,就会忽略他们对受害者带来的可怕影响,自己从来没有为受害者考虑过!

　　这么一想,从前一直左右着若杉作判决的信念渐渐开始动摇了。光顾家里的小偷,从罪名上说是盗窃未遂,可是一想到他给自己一家人造成的伤害,不禁毛骨悚然——妻子因受惊吓而发高烧,因发烧而日渐衰弱,倘若因此危及性命,那这个小偷就是杀人凶手无疑,姑且勿论作案形式。另外,三个小孩亦深受其害,用金钱都无法补偿。而且,若杉自身感受到的压抑不安,也是一种无形的伤害。

　　若杉有生以来第一次切身体会到犯罪给受害人所带来的影响。

　　这从根本上颠覆了他以往对于犯罪的看法。

①「身の毛もよだつ」: 毛骨悚然。
②「～はともかく」: 姑且不论……
③「骨身にしみる」: 刻骨铭心。

から覆してしまいました。彼は、被害の翌朝、世の中の犯罪者一般に対する憎悪が、初めて自分の心の中に湧き出るのを感じました。が、若杉さんは、自分の感情の転換が、あまりに自分本位の動機から出ていることを心苦しく思いました。が、転換したのは、若杉さんの感情ばかりではありませんでした。若杉さんの思想もある転換を示して、最初に変わった感情をぐんぐん裏づけていきました。

　　月曜日の午前、予定の通り、ジゴマ中学生の判決言い渡しがありました。たとえ無罪ではなくとも、執行猶予は必ずあるというので、被告の肉親の人たちは、一種の安心をもって傍聴に行きました。

　　が、当日に限って①、裁判長は少し蒼白な顔をしていました。そして判決文も、いつものように朗々とは響きませんでした。

　　「被告何某を禁錮一年に処す。」という主文の宣告があった後、いくら待っても②、執行猶予の言い渡しが続きませんでした。被告の顔にも、傍聴人の顔にも、深い失望の色が浮かびました。

从第二天起,他心里充满了对世上所有罪犯的憎恨。但他这种情感变化说到底还是出于自身的动机,这使他感到有些不安。当然,不只是情感层面,若杉的思想也出现了某种转变,有力地印证着他的情感变化。

星期一上午,对那个被告中学生的判决如期进行。来旁听的被告亲属都很放心——即便不判无罪,至少也会"缓期执行"吧。

然而,这天若杉法官的脸色却有些苍白,在宣读判决时,声音也不像平时那样响亮:

"对被告某某处以一年监禁。"宣读完这判词正文后,过了好久却始终不见"缓期执行"的下文,于是,被告脸上、旁听者脸上都流露出深深的失望。

---

① 「～に限って」:此处起强调作用,意为"偏偏在这一天……"。
② 「いくら～ても」:后与否定搭配,表示"无论怎么……也……"。

　が、若杉裁判長は、そんなことには一向頓着がないように、理由書の朗読が終わると、ドアを排してさっさと退席してしまいました。

　　若杉似乎对此毫不在意,宣读完判决理由书后,便径直推门离去了。

菊池宽

忠直卿行状記①
ただなおきょうぎょうじょうき

一

　越前少将忠直卿②は、二十一になったばかりの大将であった。父の秀康卿が薨ぜられた③時、わずか十三歳で、六十七万石の大封を継がれて以来、今までこの世の中に、自分の意志よりも、もっと強力な意志が存在していることを、まったく知らない大将であった。昼間は家中の若武士を集めて弓馬槍剣といったような武術の大仕合を催し、夜は彼らをそのままに引き止めて、一大無礼講の酒宴を開くのを常とした。

　忠直卿は今日もまた、家中から槍術に優れた青年を集めて、それを二組に分けた紅白の大仕合であった。そして、彼自ら紅軍に大将として出場したのである。仕合の形勢は、始終紅軍の方が不利であった。出る者も、出る者も、敵のためにばたばたと倒されて、紅軍の副将が倒れた時には、白軍にはなお五人の不戦者があった。

忠直卿传记

一

越前国少将忠直卿今年刚满二十一岁。在他十三岁那年，父亲秀康去世，他继承了六十七万石俸禄。从那时起，他就觉得世上唯我独尊，没有什么可以违抗自己的意志。白天常召集手下年轻武士举行弓马枪剑等比武大会，晚上则宴请众人，开怀畅饮。

这日，忠直卿又召集了手下擅长枪法的年轻武士，分成红方和白方两组进行比武，自己出任红方主将。

比武场上，红方始终处于不利局面，出场者接二连三被对方打败。到红方副将告负时，白方还有五人没出场。

---

① 本篇原文字数约为 23 300 字，改写后字数约为 11 100 字。
② 「忠直卿」：松平忠直(1595—1650)，是江户时代初期的大名，德川家康之孙。
③ 「薨ぜられた」：是「薨ずる」的尊敬语形式，意为皇族或高官去世。

その時に、紅軍の大将たる忠直卿は、自ら三間柄の大身の槍をりゅうりゅうと扱いて、勇気凛然と出場した。まことに山の動くがごとき①勢いであった。白軍の戦士は見る見るうちに威圧された。最初に出た小姓頭の男はかねがね忠直卿の猛勇を恐れているだけに②、槍を合わせるか合わせぬかに、早くも持っていた槍を巻き落されて、脾腹の辺を突かれると、悶絶せんばかりに③へたばってしまった。続く馬回りの男とお納戸役の男も、一溜まりもなく突き伏せられてしまった。が、白軍の副将の大島左太夫という男は、指南番大島左膳の嫡子であって、槍を取っては家中無双の名誉を持っていた。

「殿のお勢いも、左太夫にはちと難しかろう。」という囁きが、どこともなく起こった。が、激しく七八合槍を合わせたかと見ると、左太夫は、したたかに腰の辺を一突き突かれて、よろめくところをつけ入った忠直卿のために、再び真正面から胸の急所を突かれていた。見物席にいた家中一統は、思う存分に④喝采した。忠直卿は、やや息のはずまれるのを制しながら、静かに相手の大将の出るのを待った。心の

这时，红方主将忠直卿上场了，手提一杆丈八长枪，威风凛凛，气势如地动山摇，直逼对方将士。

白方先出场的侍卫首领慑于忠直卿勇猛，刚一交手便被卷落长枪，侧腹挨了一击，当即趴倒在地，几欲昏阙。

随后出场的骑兵侍卫和衣饰掌管也支撑没多久便败下阵来。接下来的白方副将大岛左太夫可有些来头，他是武术教头大岛左膳之长子，论枪法在家臣中有所向无敌之誉。

有人悄声说道："主公恐怕也难过左太夫这一关了吧。"却看场上，两人激战七八回合时，左太夫腰部吃了一枪，脚下踉跄，又被忠直卿趁势一枪戳中胸口要害。场下观众顿时一齐尽情喝彩。忠直卿调整了一下气息，等候对方主将出场。心中得意之极。

①「～ごとき」：是比况助动词「～ごとし」的连体形，意同「～ような」。
②「～だけに」：正因为……。
③「～んばかりに」：前接动词未然形，表示"几乎要……"。
④「思う存分に」：尽情地。

うちは、いつものように得意の絶頂であった。

　白軍の大将は小野田右近と言った。十二の年から京における①槍術の名人権藤左門に入って、二十の年には、師の左門にさえ突き勝つほどの修練を得ていた。が、忠直卿は何物をも恐れない。「えい!」と鋭く声をかけられると、猛然として突きかかった。ただ技術の力というよりも、そこには六十七万石の国主の勢いさえ加わるごとく見えた。二十合にも近い激しい戦いが続いたかと思うと、右近は右の肩先に忠直卿の激しい一突きを受けて、一間ばかり退くと、「参りました。」と、平伏してしまった。

　見物席の人々は、城が崩れるばかりに喝采した。忠直卿は得意の絶頂にあった。上席に帰ると、彼は声を上げて、「皆の者大儀だ。いざ、これから慰労の酒宴を開くと致そうぞ。」と、叫んだのであった。

二

　大広間に、いま銀燭は眩いばかりに数限りもなく燃え盛っている。一座を見ると、正体もなく②酔い潰れている者が大分多くなっている。管をまく③者もある、小声で隆達節を

　　白方主将是小野田右近,从十二岁起师从以枪法闻名京都的权藤左门,二十岁时便已青出于蓝。当然,忠直卿无所畏惧,他"嗨"地大喝一声,猛戳过去。这一枪不仅力道凌厉,更挟带了身为赫赫君王的几分威势。激战至二十回合时,右近的右肩被狠狠击中,后退了两米,跪拜认输。

　　看台下爆发出一阵喝彩,声势有如山崩地裂。忠直卿得意洋洋地回到座位,高声喊道:"各位辛苦了! 接下来举行酒宴,慰劳各位!"

二

　　大厅里,无数银烛燃得正旺,发出炫目的光。看看座上,烂醉如泥者有之,喃喃醉话者有之,轻唱谣曲者有之。

---

①「～における」: 在……地方,在……方面。
②「正体がない」: 不省人事,神志不清。
③「管をまく」: 喝酒后没完没了地说醉话。

唄っている者もある。酒宴の興は、ほとんど尽きかけている①。

　忠直卿が、小姓を一人連れたまま奥殿へ続く長廊下へ出ると、冷たい初秋の風が頬に快かった。見ると、外は十日ばかりの薄月夜で、萩の花がほの白く咲きこぼれている辺から、虫の声さえ聞こえて来る。

　忠直卿は、萩の中の小道を伝い、泉水の縁をめぐって小高い丘にある東屋へと入った。そこからは信越の山々が、微かな月の光を含んでいる空気の中に、朧に浮いて見える。忠直卿は、今までの大名生活において②まだ経験したことのないような感傷的な心持ちにとらわれて、思わずそこに小半刻を過ごした。

　すると、ふと人声が聞こえる。今まで寂然として、虫の声のみが淋しかったところに人声が聞こえ出した。声の様子でみると、二人の人間が話しながら、東屋の方へ近寄って来るらしい。

　忠直卿は、今自分が享受している静寂な心持ちが、不意の侵入者によって③掻き乱されるのが厭であった。しかし、小姓をして、近寄って来る人間を追わせるほど、今宵の彼の心は荒んではいなかった。二人は話しながら、だんだん近

酒席上大家都已喝得十分尽兴。

忠直卿带着一名随从出了大厅，走在通往后宫的长廊上，初秋的冷风扑面而来，很是惬意。初十前后的淡淡月光下，浅白色的萩花盛开一片，花丛中传来小虫鸣叫声。

忠直卿沿着萩花丛中的小径，绕过泉边，来到一个小山丘上的亭子。朦胧月光下，信越一带的群山依稀可见。他忽然陷入一种前所未有的感伤，就这样不知不觉过了小半刻。

这时，忽然听到人的说话声，从那片本来寂静得只能听见虫鸣的萩花丛中传来。听声音，像是两个人一边说话一边走近亭子。

忠直卿难得享受寂静时刻却被人打搅，有点不悦。不过今夜他心情尚好，没打算让随从把打扰者赶走。那两人边聊边走近，

---

① 「〜かける」：前接动词连用形构成复合动词，表示"刚开始……"，"就快要……"，或动作未完。
② 「〜において」：在……地方，在……方面。
③ 「〜によって」：与后面的动词被动态搭配，表示动作主体。

づいて来る。東屋のうちへは月の光が射さぬので、そこに彼らの主君がいようとは、夢にも気付いていないらしい。

忠直卿は、その二人が誰であるか、見極めようとは思っていなかった。が、二人の声がだんだん近づいて来ると、それが誰と誰とであるかが自然と分かって来た。やや潰れたような声の方は、今日の大仕合に白軍の大将を務めた小野田右近である。甲高い上ずった声の方は、今日忠直卿に一気に突き伏せられた白軍の副大将、大島左太夫である。二人はさっきから、何でも今日の紅白仕合について話しているらしい。

忠直卿は、大名として生まれて初めて、立聞きをするという不思議な興味を覚えて、思わず注意を、その方へ集中させた。

二人は、東屋からは三間とは離れない泉水の汀で、立ち止まっているらしい。左太夫は、心持ち①声を潜めたらしく、「時に殿②のお腕前をどう思う?」と、聞いた。右近が、苦笑をしたらしい気配がした。

「殿のお噂か! 聞こえたら切腹物③だなあ。」

「陰では公方のお噂もする。どうだ、殿のお腕前は? 本当

因为月光没照到亭子,所以他们万万没想到自己主公会在这里。

忠直卿本没想去辨认这两人,不过随着声音渐近,自然听出了这两人是谁。声音有点嘶哑的是今天任白方主将的小野田右近,高声嚷嚷的是被忠直卿一下击败的白方副将大岛左太夫。两人好像在聊今天的比武大会。

忠直卿身为大名以来,还是第一次偷听别人说话,却莫名其妙地感受到一种乐趣,不由得全神贯注地听。

两人似乎在离亭子五六米的泉水边停住了,左太夫有点压低嗓门问道:"你觉得主公的武艺怎样?"

右近似在苦笑,说道:"竟敢背后说主公,被听到的话可是死罪呵。"

"私底下我连将军的闲话也敢说的。怎样,主公的武艺,

①「心持ち」:此处用作副词,表示"稍微,一点点"。
②「殿」:老爷,主人。此处指忠直卿。
③「切腹物」:剖腹自杀的死罪。

のご力量は?」と、左太夫は、かなり真剣に聞いて、じっと息を凝らして、右近の評価を待っているようであった。

「ずいぶんご上達だ。」と言ったまま、右近は言葉を切った。忠直卿は、初めて臣下の偽らざる①賞賛を聞いたように覚えた。が、右近はもっと言葉を続けた。

「以前ほど、勝ちをお譲り致すのに、骨が折れなくなったわ②。」

二人の若武士は、そこで顔を見合せて会心の苦笑をしたらしい気配がした。

右近の言葉を聞いた忠直卿の心の中に、そこに突如として感情の大渦巻きが声を立てて流れはじめたのは無論である。

忠直卿は、生まれて初めて、土足をもって頭上から踏み躙られたような心持ちがした。彼の唇はブルブルと震え、全身の血潮が煮えくり返って、ぐんぐん頭へ逆上するように思った。

右近の一言によって、彼は今まで自分が立っていた人間として最高の脚台から、引きずり下ろされて地上へ投げ出されたような、名状し難いショックを受けた。

それは、確かに激怒に近い感情であった。しかし、心の

他的真正实力到底怎样?"左太夫问得很认真,然后屏息静静地等右近回答。

　　"大有长进呀。"右近只说了这么一句便打住了。忠直卿还是头一次听到出自臣下的真心赞美。这时,右近又继续说道:"现在,我们故意输给主公也不需要像以前那么费力了。"

　　然后,两个年轻武士相视发出会心的苦笑。

　　听了这话,忠直卿心里忽然如翻江倒海一般,觉得自己头上像被沾满泥土的脚肆意践踏,这种感觉生来还是头一遭。他哆嗦着嘴唇,全身血脉贲张,勃然大怒。

　　他一直站立在万人敬仰的高台上,现在却被右近的一句话拖到地下来,这真是一种难以言状的打击。

　　他确乎是近于震怒了。

---

①「～ざる」:前接动词未然形,表示否定。
②「骨が折れる」:费力,困难。

中で有り余った力が外にはみ出したような激怒とは、まった
く違ったものであった。その激怒は、外面は盛んに燃え狂って
いるものの①、中核のところには、癒し難い淋しさの空虚が
忽然と作られている激怒であった。彼は世の中が急に頼り
なくなったような、今までのすべての生活、自分の持っていた
すべての誇りが、ことごとく偽りの土台の上に立っていたこ
とに気がついたような淋しさに、ひしひしと襲われていた。

　彼は小姓の持っている佩刀を取って、即座に両人を切っ
て捨てようかと意気込んだが、そうした激しい意志を遂げる強
い力は、この時の彼の心のうちには少しも残ってはいなか
った。

　その上、主君として臣下から偽りの勝利を媚びられて得
意になっていた自分が浅ましいと同時に、今両人を手刃し
て、その浅ましい事実を自分が知っているということを家中
の者に知らせるのも、彼にとってはかなりの苦痛であった。忠
直卿は、胸の内に湧き返る感情をじっと抑えて、いかなる
行動に出るのが、いちばん適当であるかを考えた。余りに
不用意にこうした経験に出合ったため、ただでさえ②興奮し
やすい忠直卿の感情は、収拾のつかぬほど混乱した。

可这种震怒却和那种充溢心中而向外表露的震怒完全不
一样——这种震怒，外面虽如烈火熊熊，本质上却陷入一
种突如其来的空虚，难以自拔。这种空虚感袭上心头，使
他感到世上忽然无依无靠，意识到自己过往的生活和自
己的所有荣耀都只不过建立在虚假的基础上……

　　他从随从手里夺过佩刀，想要当即手刃此两人，可是
此时心里却鼓不起一点劲。

　　自己身为君主，接受来自臣下谄媚的胜利而沾沾自
喜，真是可悲。而且，现在手刃两人，等于向家臣承认自
己知道这可悲的事实，这对于他来说，更是一种痛苦。忠
直卿强压内心愤恨，考虑应该采取什么行动最恰当。可
是，由于从来没遇到过这种情况，本来就容易冲动的忠直
卿，现在更是陷入混乱，难以自拔。

① 「～ものの」：表示转折关系。
② 「ただでさえ」：平时就，本来就。

　忠直卿の傍らに、さっきから置物のようにじっとして蹲っていた聡明な小姓は、さすがにこの危機を十分に知っていた。二人の男に、ここに彼らの主君がいることを教えねば①、どんな大事が起こるかもしれぬと思った。彼は、主君の凄まじい顔色を窺いながら、二三度小さい咳をした。

　小姓の小さい咳は、この場合甚だ有効であった。右近と左太夫とは、付近に人がいるのを知ると、はっとしてその冒涜な口を噤んだ。

　二人は言い合わせたように、足早く大広間の方へと去ってしまった。

　忠直卿の瞳は、怒りに燃えていた。が、その頬は凄まじいまでに蒼ざめている。

　彼の少年時代からの感情生活は、右近の一言によって、物の見事に破産してしまっていた。彼が幼にして、遊戯をすれば近習の誰よりも巧みであったことや、破魔弓②の的を競えば近習の何人よりも命中矢を出したことや、習字の稽古の筆を取れば、祐筆の老人が膝頭を叩いて彼の手跡を賞賛したことなどが、皆不快な記憶として彼の頭に一時に蘇って来た。

刚才一直如摆设一般静静蹲在忠直卿旁的随从倒是聪明，看出了这其中的危机，他想：如果不向那两人告知主公在此，接下来难保不会发生什么大事。于是，他一边偷看主公那可怕的脸色，一边轻轻咳了两三声。

此时随从的轻咳甚是有效。右近和左太夫知道近处有人，吃了一惊，登时住了口。两人不约而同地快步走向大厅。

忠直卿眼里燃烧着怒火，脸色铁青，甚是骇人。

他少年时代以来的情感和生活，只因右近的一句话，在瞬间轰然倒塌。从小时候起，凡做游戏，他一定比别人强，用驱魔弓比试射箭也比别人射中的箭数多，练习写字时，老先生还拍着膝盖对他的笔迹大加称赞……如今却都变成不愉快的记忆，一一涌上心头。

①「～ねば」：前接动词未然形，相当于「～なければ」。
②「破魔弓」：起源于驱邪仪式的一种射箭比赛游戏。

武術の方面においても、そうであった。剣を取っても、槍を取っても、たちまち相手をする若武士に打ち勝つほどの腕に瞬く間に上達した。彼は今まで自分を信じて来た。自分の実力を飽くまで信じて来た。今右近らの冒涜な陰口を耳にしても、それが彼らの負け惜しみであるとさえ、ともすれば思うほどである。

しかし、今日の右近の言葉は、その言葉が発された時と場合とを考えれば、決して冗談でもなければ嘘でもなかった①。自信に満ちていた忠直卿の耳にも、正真の事実として聞こえぬわけにはいかなかった②。

右近の言葉は、彼の耳のうちに彫り付けられたように残っている。

三

無礼講の酒宴にぐたぐたに酔ってしまった若武士たちは、九つ③のお時計が鳴るのを合図に総立ちになって退出しようとすると、急にお側用人が奥殿から駆けつけて来た。

「各々方、静まりなさい! 殿の仰せられるには、明日は犬追物のお催しがあるべきはずのところ、急にご変改があって、明日も、今日同様、槍術の大仕合を催される、時刻と

在武艺方面也是如此，无论练剑练枪皆进步神速，很快便能战胜一同习武的年轻武士。他一向很自信，相信自己的实力。所以，刚才听到两人说冒犯自己的话时，他甚至还认为那是他们比武输了不服气而已。

可是，从说话的时间和场合来看，他俩的话并非玩笑，也非虚言。

即便忠直卿再自负，亲耳听到的这些话也是不争的事实。

右近说的话久久萦绕在他耳边。

三

酒宴上喝得烂醉的年轻武士们一听到零时钟声，纷纷起身准备退场。这时，忽然传令官匆匆跑进大厅来，高举双手，大声宣布：

"各位安静！主公有令：本来预定明天举行的射犬活动现作改动，明天还是和今天一样举行枪法比武大会，

①「～も～ば、～も～」：既……也……
②「～わけにはいかない」：不能……
③「九つ」：按古代时辰算法，相当于现在的午夜零点。

番組とはすべて今日に変わらぬとの仰せだ。」と、双手を挙げて、大声に触れ回った。

　若武士の中には「やれやれ明日もか。」と思う者もあった。今日の勝利をもう一度繰り返すのかと、ほくそ笑む者もあった。多くの者は、酒を飲んだ後の勇ましい元気で、

　「毎日続こうとも結構だ。明日もまたお振舞酒に思い切り酔うことができる。」と、勇み立った。

　その翌日は、昨日と等しく、城中の兵法座敷が美しく掃き清められて、紅白の幔幕が張り渡され、上座には忠直卿が昨日と同様に座を占めたが、始終下唇を噛むばかりでなく①、瞳が爛々として燃えていた。

　勝負は、昨日とほとんど同様な情勢で進展した。が、昨日の勝敗が皆の心にまざまざと残っているので、組み合わせの多くは一方にとっては雪辱戦であったから、掛け声は昨日にもまして②激しかった。

　紅軍は、昨日よりも更に旗色が悪かった。大将の忠直卿が出られた時には、白軍には大将、副将をはじめ、六人の不戦者があった。

时间、流程都和今天相同。"

　　听了这话，有人心想："哎呀，明天还比呀。"有人暗笑："主公是想重演今天的胜利吧。"许多人借酒劲说道："每天继续也挺好，明天又可一醉方休了。"

　　次日，与昨日一样，城中的演武大厅清扫洁净，挂着红白幔帐。忠直卿仍然坐在上座，可是始终紧咬下唇，眼里似有怒火燃烧。

　　比武进程与昨日如出一辙，只是昨日的胜负结果仍历历在目，比武对于某一方来说可是雪耻之战，所以呐喊助威声比昨日更响。

　　红方今天形势更吃紧，主将忠直卿上场时，白方还有主将、副将等六人未出场。

①「～ばかりでなく」: 不仅……而且……
②「～にもまして」: 比……更……

　見物の家中の者どもが不思議に思うほど、忠直卿は興奮していた。タンポの付いた大身の槍を、熱に浮かされた①男のようにみだりに打ち振った。最初の二人は腫れ物にでも触るように②、びくびくして立ち向かった。が、主君の激しい槍先にたちまちに突き竦められて平伏してしまう。次の二人も、主君の凄まじい気配に怖じ恐れて、ただ型ばかりに槍を振っただけであった。

　五人目に現れたのは、大島左太夫であった。彼は今日の忠直卿の常軌を逸したとも思われる振る舞いについて、微かながら杞憂を抱く一人であった。無論、彼は自分の主君が、自分たちの昨夜の立話を立聞きした当の本人であろうとは、夢にも思っていなかった。が、昨夜、夜更けの庭に耳にした咳払いの主が、主君に自分たちを讒したのではあるまいか③という微かな懸念は持っていた。彼は常よりも更に粛然として、主君の前に頭を下げた。

　「左太夫か!」と、忠直卿はある落ち着きを、示そうと努めたらしいが、その声は妙に上ずっていた。

　「左太夫! 槍といい剣といい、正真の腕前は真槍真剣で

　　出场的忠直卿显得很兴奋,连围观的家臣也都觉出异样来。忠直卿抡起枪尖裹有棉团的一杆长枪,像陷入痴迷似的胡乱挥舞。前两人战战兢兢上场,可是很快都败在主公的凌厉枪尖下。接下来两人慑于主公的骇人气势,只是走走过场似的便败下阵来。

　　第五个上场的是大岛左太夫。他见今日忠直卿行为有些反常,心里不由得有几分忧虑。当然,他万万没想到昨晚偷听自己讲话的正是主公本人,他只是有点担心:昨晚在后院干咳的那个人会不会跑到主公那里告状?于是,他比往常更加恭敬地向主公俯首行礼。

　　"是左太夫呵!"忠直卿欲故作平静,却不由自主地提高了嗓门。

　　"左太夫!无论枪还是剑,不用真枪真剑的话看不出真本事!拿裹着棉团的练习用枪来比武,说到底还是假

---

①「熱に浮かされる」:痴迷,神魂颠倒。
②「腫れ物に触るように」:小心翼翼地,提心吊胆地。
③「～ではあるまいか」:相当于「～ではないだろうか」。

なければ分からない！ タンポの付いた稽古槍の仕合は、所詮は偽りの仕合だ。負けても傷が付かぬとなれば、仕儀によっては、負けても差し支えがない①わけとなる！ 忠直は偽りの仕合にはもう飽いている。真槍を持って立ち向かうほどに、そちも真槍を持って来い！ 主と思うに及ばぬ②。隙があれば遠慮致さずに突け！」

　忠直卿は上ずって、言葉の末が震えた。左太夫は色を変えた。左太夫の後に控えている小野田右近も、左太夫と同じく色を変えた。

　が、見物席にいる家中の者は、忠直卿の心のうちを解するに苦しんだ。殿ご狂気と怖気をふるうものが多かった。忠直卿は、これまでは癇癖こそあった③が、平常、至極闊達であり、やや粗暴の嫌いこそあったが、非道無残な振る舞いは寸毫もなかったので、今日の忠直卿の振る舞いを見て、家中の者が色を変じたのも無理ではなかった。

　が、忠直卿が今日真槍を手にしたのは、左太夫、右近に対する消し難い憎しみから出たとはいえ④、一つには自分の正真の腕前を知りたいという希望もあった。真槍で立ち向

的。反正打输了也不会受伤，也就是说，怎么输都可以咯！这种虚假的比试，我已经受够了。今天就用真枪来比试一下，你也去拿杆真枪来！不必顾忌君臣之别，见有破绽照打就是！"

忠直卿高声说罢，余音颤抖。听了这话，左太夫神色大变，站在他旁边尚未出场的小野田右近也大惊失色。

看台下的其他家臣却对忠直卿的想法大惑不解，大都被自己主公的疯狂之举吓得浑身发抖。忠直卿虽然一向脾气暴躁，但平时颇为豁达，即便性格有点粗暴也从无残暴行为，所以今日大家一见忠直卿此举，自然要惊恐失色了。

其实，今天忠直卿执意要用真枪，虽说是出于对左太夫和右近憎恨难消，但另一方面，他还有个愿望——想知道自己的真正实力。

①「差し支えがない」：没关系，无妨。
②「～に及ばない」：不必……
③「～こそ～が」：虽然……但是……
④「～とはいえ」：表示转折关系，意为"虽说……"。

かうならば、彼らも無下に負けはしまい、秘術を尽くして立ち向かうに違いない。さすれば自分の真の力量も分かる。もしそのために、自分が手を負うことがあっても、偽りの勝利に狂喜しているよりも、どれほど気持ちがよいか知れぬと、心のうちで思った。

「それ！真槍の用意致せ。」と、忠直卿が命ずると、かねて用意してあったのだろう、小姓が二人、各々一本の大身の槍を重たそうにもたげて、忠直卿主従の間に持ち出した。

「それ！左太夫用意せよ！」と言いながら、忠直卿は手慣れた三間柄の長槍の穂鞘を払った。

槍鍛冶の名手の鍛えた七寸に近い鋒先から迸る殺気が、一座の人々の心を冷たく圧した。

今まで、じっとして主君忠直卿の振る舞いを看過していた国老の本多土佐は、主君が鋒先を払われるや否や①突如として忠直卿の御前に出た。

「殿！お気が狂わせられたか。大切の御身をもって、みだりに剣戟を弄ばれ家臣の者を傷つけられては、公儀に聞こえても容易ならぬ儀でござる。平にお止りください。」と、老眼

他心想：以真枪比试，他们必会使出全身解数，不至于随便认输。那样的话，就能知道自己的真正实力，哪怕自己在比武中受伤也在所不惜。比起陶醉于虚假的胜利来说，不知要畅快多少倍。

"嘿，拿真枪来！"忠直卿喝令。似乎是早有准备，两名侍从各抬出一柄沉重的大枪来，放在忠直卿和左太夫面前。

"嘿，左太夫，准备吧！"忠直卿一边说着，一边拎起自己使惯的丈八长枪来，摘掉枪鞘。

出自锻造名匠之手的七寸枪尖迸发出冷冷杀气，袭人心头。

刚才一直默不作声的老臣本多土佐一看君主枪尖出鞘，立刻上前，一边眨巴着双眼，力谏道："主公！您疯了吗？以您尊贵之躯，随便舞枪弄剑，倘若伤及家臣，传到幕府将军那里就不好办啦。快住手吧。"

①「～や否や」：一……就……

をしばたたきながら、必死になって申し上げた。

「爺か! 止め立て無用だ。今日の真槍の仕合は、忠直六十七万石の家国に換えてもと、思い立った一義だ。止め立て一切無用だ。」と、忠直卿は凛然と言い放った。そこには秋霜のごとく犯し難い威厳が伴った。こうした場合、これまでも忠直卿の意志は絶対のものであった。土佐は口を噤んだまま、悄然として引き退いた。

左太夫は、もう先刻から十分に覚悟をしていた。昨夜の立話が殿のお耳に入ったためのご成敗かと思えば、彼には何とも文句の言いよう①はなかった。それは家来として当然受けるべき成敗であった。それを、かかる真槍仕合に託けての成敗かと思えば、彼はそこに忠直卿の好意をさえ感じるように思った。彼は主君の真槍に貫かれて潔く死にたいと思った。

「左太夫、いかにも真槍をもって、お相手を致します。」と、思い切って言った。見物席に左太夫の不遜に対する叱責の声が漏れた。忠直卿は苦笑した。

「それでこそ②、忠直の家臣だ。主と思うな。隙があれば、

　　"老总管！不必再劝。今日之真枪比试势在必行，哪怕我因此丢了六十七万石的身家也在所不惜。不必再劝。"忠直卿凛然说道。其神态严如秋霜，威不可犯。这种情形下，忠直卿的意志从来都是绝对命令。土佐只得默默退下。

　　左太夫已经下定了决心——既然昨晚说的话传到主公耳里，作为家臣自己受罚也是罪有应得，没什么可抱怨的。他甚至觉得：现在忠直卿假托真枪比武来行罚，也是对自己的一番好意。他决心痛痛快快地死在主公的真枪之下，便毅然说道："那我左太夫就用真枪奉陪啦。"

　　看台下有人斥责他出言不逊。忠直卿却苦笑道："这才是我的家臣。不必顾忌君臣之别，见有破绽照打就是！"

---

① 「言いよう」：说法，措辞。
② 「～こそ」：表示强调，意为"这才是……"。

遠慮致さず突け!」

　こう言いながら、忠直卿は槍を扱いて二三間後へ下がりながら、位を取られた。

　左太夫も、真槍の鞘を払い、

「ご免!」と叫びながら主君に立ち向かった。

　一座の者は、凄まじい殺気に閉じられて、身の毛もよだち、息を詰めて、ただ茫然と主従の決闘を見守るばかりであった。

　忠直卿は、自分の本当の力量を如実にさえ知ることができれば①、思い残すことはないとさえ②、思い込んでいた。従って国主という自覚もなく、相手が臣下であるという考えもなく、ただ勇気凛然として立ち向かわれた。

　が、左太夫は、最初から覚悟を決めていた。三合ばかり槍を合わせると、彼は忠直卿の槍を左の高股に受けて、どうと地響き打たせて、仰け様に倒れた。

　見物席の人々は一斉に深い溜息を漏らした。左太夫の傷ついた身体は、同僚の誰彼によってたちまち運び去られた。

　が、忠直卿の心には、勝利の快感は少しもなかった。左太夫の負けが、昨日と同じく意識しての負けであることが、ま

边说边提枪退后五六米,摆好架势。

左太夫也摘去枪鞘,说声"得罪了!"便与忠直卿厮杀起来。

满座围观者都觉腾腾杀气扑面而来,登时倒吸一口冷气,毛骨悚然,却只能茫然地作壁上观。

忠直卿一心想着只要知道自己真正实力便别无所求,故心下并无顾及君臣之分,只是奋勇应战。

而左太夫却一开始就下定了必死之决心。不出三回合,便被忠直卿一枪刺中左腿,轰然仰面摔倒。

看台中发出了深深叹息声。受伤的左太夫立刻被人抬出场外。

但是,忠直卿心里却没有丝毫胜利的快感。左太夫分明是和昨天一样故意输给自己

①「～さえ～ば」:只要……就……
②「～さえ」:甚至……,连……也……

ざまざと分かったので、忠直卿の心は昨夜にもまして淋しかった。左太夫めは、命を賭してまで①、偽りの勝利を主君に食らわせているのだと思うと、忠直卿の心の焦躁と淋しさと頼りなさは、更に底深く植えつけられた。忠直卿は、自分の身を危険に置いても、臣下の身体を犠牲にしても、なお本当のことが知りがたい自分の身を恨んだ。

　左太夫が倒れると、右近は少しも悪びれた様子もなく、蒼白な顔に覚悟の瞳を輝かしながら、左太夫の取り落とした槍を引っ提げてそこに立った。

　忠直卿は、右近め、昨夜あのように、思い切った言葉を吐いた男であるから、必死の手向かいをするに相違ないと、消えかかろうとする勇気を鼓して立ち向かった。

　が、この男も左太夫と同じく、自分の罪を深く心のうちに感じていた。そして、潔く主君の長槍に貫かれて、自分の罪を謝そうとしていた。

　忠直卿は、五六合立ち合っているうちに、相手の右近が、急所というべき胸の辺へ、幾度も隙を作るのを見た。この男も、自分の命を捨ててまで主君を欺き終わろうとして

——忠直卿心里的空虚更甚于昨晚。左太夫这厮，哪怕搭上性命也要把虚假的胜利拱手献给君主——想到这里，焦躁、空虚和无助感占据了忠直卿心灵。自己冒着生命危险，牺牲臣下的身体，却还是不能知道真相。他痛恨自己。

　　见左太夫倒下，右近面无惧色，拿起左太夫掉落在地的枪，脸色苍白而眼神坚定。

　　忠直卿心想：右近，你昨晚既敢说那样的话，那现在一定会拼命招架还手吧。于是重新振奋起来，准备迎战。

　　然而，右近也和左太夫一样，深感自己之罪过，决心死于主公枪下，以此谢罪。

　　战至五六回合，忠直卿好几次见到右近故意在胸前要害处露出破绽，心想：这家伙也要舍命欺君呀。

①「～てまで」：表示到……程度。

いるのだと思うと、忠直卿は不快な淋しさに襲われて来た。そして、相手にうまうまと乗せられて勝利を得るのが、ばかばかしくなって来た。

　が、右近は一刻も早く主君の槍先に貫かれたいと思ったらしく、忠直卿が突き出す槍先に、故意に身を当てるようにして、右の肩口をグザと貫かれてしまった。

　忠直卿は、見事に昨夜の鬱憤を晴らした。が、それは彼の心に、新しい淋しさを植えつけたに過ぎなかった。左太夫も右近も、自分の命を賭してまで、彼らの嘘を守ってしまったことである。

　忠直卿は、その夜遅く、傷のまま自分の屋敷に運ばれた右近と左太夫との二人が、時刻を前後して腹を割いて死んだという知らせを聞いて、暗然たる心持ちにならずにはいられなかった。

　忠直卿は、つくづく考えた。自分と彼らとの間には、虚偽の膜がかかっている。その膜を、その偽りの膜を彼らは必死になって支えているのだ。その偽りは、浮ついた偽りでなく、必死の懸命の偽りである。忠直卿は、今日真槍をもって、その偽りの膜を必死になって突き破ろうとしたのだが、そ

一种空虚感袭上心头,郁闷难当。而想到自己此前一直
被蒙在鼓里,还为胜利沾沾自喜,真是愚不可及。

　　而右近似乎想尽快倒在主公枪下,在忠直卿出枪瞬
间,故意把自己身体往枪尖上一挺,"扑哧"一声正刺中
右肩。

　　忠直卿总算为昨晚之恨出了口恶气,可新的空虚感
却在他心里生根发芽。左太夫和右近竟然舍命来维护他
们的谎言。

　　当晚,受伤被抬进房的右近和左太夫先后切腹自杀。
忠直卿听到消息后,心下黯然。

　　忠直卿细细一想,发现自己和他们之间有一层虚伪
的隔膜——他们拼死也要维护这层虚伪的隔膜,这种虚
伪,不是轻浮肤浅的,而是他们舍命去维护的。忠直卿今
日欲以真枪戳穿这层虚伪的隔膜,

の破れは、彼らの血によってたちまち修繕されてしまった。自分と家来との間には、依然としてその膜がかかっている。その膜の向こうでは、人間が人間らしく本当に付き合っている。が、彼らが一旦自分に向かうとなると①、皆その膜を頭から被っている。忠直卿は自分一人、膜のこちらに取り残されている②ことを思い出すと、いらいらした淋しさが猛然として自分の心身を襲って来るのを覚えた。

四

忠直卿のかかる心持ちは、彼のもっと根本的な生活の方へも、だんだん食い入って行った。

ある夜のことであった。忠直卿は、その夜は暮れて間もない六つ半刻から九つに近い深更まで、酒を飲み続けている。が、酒を飲まぬ愛妾たちは、彼の杯に酒を注ぐという単調な仕事を、幾回となく繰り返しているだけである。

忠直卿は、ふと酔眼を見開いて、彼に侍座している愛妾の絹野を見た。ところが、その女は連夜の酒宴に疲れ果てたのだろう。主君の御前ということもつい失念してしまったと見え、その二重瞼の美しい眼を半眼に閉じながら、うつら

可是戳穿之处却立刻被他们的鲜血所修补,那层隔膜依然存在于自己和家臣之间。在隔膜那头,人们真诚交往,那才是人的本来面目;然而一旦与自己相处,却纷纷蒙上那层隔膜,把自己一人孤立在隔膜这头。想到这,一阵孤独和焦躁油然而生。

四

　　这种心境渐渐侵蚀到忠直卿的日常生活中。

　　某夜,忠直卿饮酒,从傍晚七时直喝到深夜零时。旁边作陪的爱妾并不喝,只是多次重复着往他杯中斟酒的单调动作。

　　忠直卿忽然睁开醉眼,看着陪酒的爱妾绢野。可能由于连夜酒宴疲乏之故,绢野忘了是在君主面前,竟然美目微闭,

---

①「～となると」: 一到……场合,就会出现后项的结果。
②「取り残される」: 剩下,被甩下。

うつらと仮睡に落ちようとしている。

　じっと、その面を見ていると、忠直卿は、また更に新しい疑惑にとらわれてしまった。ただ、主君という絶大な権力者のために身を委せて、明け暮れ自分の意志を少しも働かさず、ただ傀儡のように扱われている女の淋しさが、その不覚な仮睡のうちにまざまざと現れているように思われた。

　忠直卿は思った。この女も、自分に愛があるというわけでは、少しもないのだ。この女の嫣然たる姿態や、妖艶な媚は皆上辺ばかりの技巧なのだ。ただ、大金で退引ならず①身を購われ、国主という大権力者の前に引き据えられて是非もなく、できるだけその権力者の歓心を得ようという、切羽詰まった②最後の逃げ道に過ぎないのだ。

　が、この女が自分を愛していないばかりでなく、今まで自分を心から愛した女が一人でもあっただろうかと、忠直卿は考えた。

　彼は今まで、人間同士の人情を少しも味わわずに来たことに、この頃ようやく気がつき始めた。

　彼は、友人同士の情を、味わったことさえなかった。幼年

迷迷糊糊地打起盹来。

　　看着绢野的睡脸，忠直卿又陷入新的困惑中——这
个女人委身于位高权重的君王，只是每天像个傀儡似的
唯唯诺诺，并非出于自己意愿——这种空虚正写在她的
迷糊睡脸上。

　　忠直卿心想：她从来没爱过自己，她的嫣然笑貌、妖
艳媚态全是表面功夫。只是因为被重金买来，身不由己
地坐在君王面前，所以只能尽力讨取君王欢心，别无
出路。

　　而且，非但这个女人不爱自己，怕从来就没有一个人
真心爱过自己吧。

　　忠直卿开始意识到自己在过往生活中从未体验过人
与人之间的真实情感。

　　他甚至连友情也没体验过。

①「退引ならず」：无法逃脱，进退两难。
②「切羽詰まる」：迫不得已，紧急关头。

時代から、同年輩の小姓を自分の周囲に幾人となく①見
出した。が、彼らは忠直卿と友人として交わったのではな
い。ただ服従をしただけである。忠直卿は、彼らを愛し
た。が、彼らは決してその主君を愛し返しはしなかった。た
だ義務感情から服従しただけである。

　友情はともかく、異性との愛は、どうであっただろう。彼
は、少年時代から、美しい女性を幾人となく自分の周囲
に支配した。忠直卿は彼らを愛した。が、彼らの中の何人
が彼を愛し返しただろう。忠直卿が愛しても、彼らは愛し
返さなかった。ただ、唯々として服従を提供しただけであ
る。彼は、今も自分の周囲に多くの人間を支配している。
が、彼らは忠直卿に対して、人間としての人情の代わりに、
服従を提供しているだけである。

　考えてみると、忠直卿は恋愛の代用としても服従を受
け、友情の代わりにも服従を受け、親切の代わりにも服従
を受けていた。無論、その中には人情から動いている本当
の恋愛もあり、友情もあり、純な親切もあったかもしれなか
った。が、忠直卿の今の心持ちから見れば、それが混沌と

从小时候起,自己周围也有不少侍童,可他们并非与忠直卿以朋友相交,而仅仅是服从而已。忠直卿爱他们,可是他们却并没有回报以爱,而只是一种出于义务的服从而已。

姑且不论友情,与异性的爱情又如何呢?从少年时期开始,他周围就有不少美女供使唤。忠直卿爱她们,可是,她们当中又有几个人爱自己呢?她们并不爱自己,而只是唯唯诺诺地服从而已。如今,忠直卿手下统治着许多臣民,然而,他们也只知道服从,从未付出真正的感情。

这么一想,忠直卿体验到的不是恋爱,而是服从;不是友情,而是服从;不是关心,而是服从。当然,这其中或许也有出于真实情感的恋爱、友情和纯粹的关心,可是,现在在忠直卿眼里看来,

①「幾人となく」：相当多人。

して、一様に服従の二字によって覆われて見える。

　人情の世界から一段高い所に放り上げられ、大勢の臣下の中央にありながら、索莫たる孤独を感じているのが、わが忠直卿であった。

　こうした意識が高ずるにつれ①、彼の奥殿における生活は、砂を噛むように落莫たるものになって来た。彼は単なる傀儡であるような異性の代わりに、もっと弾力のある女性を愛したいと思った。彼を心から愛し返さなくてもいいから、せめては人間らしい反抗を示すような異性を愛したいと思った。

　彼は夫の定まっている女なら、少しは反抗もするだろうと思った。彼は、命じて許婚の夫ある娘を物色した。が、そうした女も、忠直卿の予期とは反して、主君の意志を絶対のものにして、忠直卿を人間以上のものに祭り上げてしまった。

　もうこの頃から、忠直卿の放埒を非難する声が、家中の侍の間にさえ起こった。

　が、忠直卿の乱行は、なお止まなかった。許婚の夫ある娘を得て、少しも慰まなかった彼は、更に非道な所業を犯した。それは、家中の女房で艶名のあるものを密かに探

它们都为"服从"二字所掩盖，混淆不清。

　　独自一人高高在上，被孤立于人情世界之外，虽身处万千臣民当中，却倍感荒凉孤寂——唯我忠直卿是也。

　　随着这种心境日渐强烈，他在后宫的生活也变得味同嚼蜡。他已经厌烦那些傀儡一般的女人，而渴望更真实的爱，哪怕不爱自己也好，但至少也像个有感情的人一样会反抗吧——他渴望得到这样的异性。

　　他想：有夫之妇应该会反抗吧。于是便下令物色来已经有未婚夫的女子。可出乎意料的是，她们仍然绝对服从君主的意志，敬若神明地把忠直卿高高供奉起来。

　　忠直卿的荒淫之举已经开始在家臣中引起了非议。可是他的放纵还没有结束。

　　没能从有夫之妇那里得到满足的忠直卿，更加变本加厉了。他派人暗中打听哪个家臣的妻子长得漂亮，

①「～につれ」：随着……

らせて、その中の三名を、不時に城中に召し寄せたまま、帰さなかったことである。

主君のご乱行ここに極まるとさえ、嘆くものがあった。

夫からの数度の嘆願にかかわらず①、女房は返されなかった。重臣は、人倫の道に悖る所業として忠直卿を強諫した。

が、忠直卿は、重臣が諫めれば諫めるほど②、自分の所業に興味を覚えるに至った。

女房を奪われた三人の家臣のうち、二人まで忠直卿の非道な企ての真相を知ると、君臣の義もこれまでと思ったと見え、言い合わせたごとく、相続いて割腹した。

横目付からその届け出があると、忠直卿は手にしていた杯を、ぐっと飲み干されてから、微かな苦笑を漏らされたまま、何とも言葉はなかった。家中一同の同情は、翕然として死んだ二人の武士の上に注がれた。「さすがは武士だ。見事な最期だ。」と、褒めそやす者さえあった。が、人々はこの二人を死なせた原因を、ただ不可抗力な天災だと考えていた。一種の避けるべからざる③運命のように思っていた。

然后出其不意地把其中三人召入城中，扣留不放。

有人哀叹，想不到君主荒唐至此。

那几个家臣也多次哀求，可妻子始终没有被送回来。见忠直卿胡作非为有背人伦，重臣们纷纷劝阻。

可是他们越劝，忠直卿却越觉得兴味盎然。

被夺去妻子的三个家臣当中，有两人在得知忠直卿恶行的真相后，自忖君臣之义已尽，便不约而同地先后切腹自杀了。

手下探子闻讯来报，忠直卿听后，只是把杯中酒一饮而尽，苦笑一下，便默不作声。那两个家臣的死，得到了众人一致同情，甚至有人赞道"慷慨赴死，不愧是真武士也。"然而，至于两人的死因，却仅仅被归为不可抗拒之天灾，是命中注定，无法逃避。

①「〜にかかわらず」: 不管……
②「〜ば〜ほど」: 前后用同一个用言，表示"越……越……"。
③「〜べからざる」: 前接动词原形，表示禁止，或"不可能……"。

五

　二人が前後して死んでみると、家中の人々の興味は、妻を奪われながら①、ただ一人生き残っている浅水与四郎の身に集まっていた。

　そして、妻を奪われながら、腹を得切らぬその男を、臆病者として非難するものさえあった。

　が、四五日してから、その男は飄然として登城した。そして、忠直卿にお目通りを願いたいと申し出た。

　「ははは、与四郎めが、参ったか。よくぞ参りおった。すぐ通せ！目通り許すぞ。」と、忠直卿は叫ばれたが、この頃絶えて見えなかった晴れがましい微笑が、頰の辺に漂った。

　しばらくすると、忠直卿の目の前に、病犬のように呆けた与四郎の姿が現れた。数日来の心労に疲れたと見え、色が蒼ざめて、顔中にどことなく殺気が漂っている。そして、その瞳の中には、二筋も三筋も血を引いている。

　忠直卿は生来初めて、自分の目の前に、自分の家臣が本当の感情を隠さず、顔に現しているのを見た。

　「与四郎か！近く進め！」と、忠直卿は温顔をもってこう言われた。何だか、自分が人間として他の人間に対しているよ

五

两人死后,被夺去妻子而独自苟活的浅水与四郎自然成了大家议论的焦点。

有人指责他:遭夺妻之耻却不自杀,真是懦夫。

过了四五日,他飘然而至,来到城中请求面见忠直卿。

忠直卿听到传报大呼:"哈哈哈,与四郎这厮来啦,来得正好呵。马上放他进来! 接见!"脸上浮现出久违的微笑。

不一会儿,与四郎被带到忠直卿面前,神情恍惚,呆若病犬。显然是由于连日来身心俱疲,面容苍白,可脸上却似乎透出一股杀气,眼里有几根血丝。

忠直卿生平还是头一次见到自己的家臣喜怒形于色,不加掩饰。

"与四郎,你过来!"忠直卿和颜悦色地说道。见到与四郎时,他仿佛觉得这才是人与人之间的交流,

---

① 「～ながら」:此处表示转折关系,前接动词连用形。

うに思って、与四郎に対して、一種の懐かしさをさえ覚えた。主従の境を隔てる膜が除かれて、ただ人間同士として、向かい合っているように思われた。

与四郎は、畳の上を三反①ばかり滑り寄ると、地獄の底からでも、漏れるような呻き声を出した。

「殿！ 主従の道も、人倫の大道よりは小事でござるぞ。妻を奪われましたお恨み、かくのごとく申し上げますぞ。」と、言うかと思うと、与四郎は飛燕のごとく身を躍らせて、忠直卿に飛びかかった。その右の手には、早くも匕首が光っていた。が、与四郎は、軽捷な忠直卿にわけもなく②利腕を取られて、そこに捻じ伏せられてしまった。近習の一人は、気を利かせた③つもりで、忠直卿の佩刀を彼に手渡そうとした。が、忠直卿はかえってその男を退けた。

「与四郎！ さすがにそちは武士だなあ。」と、言いながら、忠直卿は取っていた与四郎の手を放した。与四郎は、匕首を持ったまま、面も上げず、そこに平伏した。

「そちの女房も、さすがに命を召されるとも、余の言葉に従わぬと申しおった。余の家来には珍しい者どもだ。」と、

甚至有一种久违的感动。仿佛君臣之间的隔膜消失了，像普通人那样真诚相对。

与四郎从三十多米外疾走至忠直卿面前，一开口，声音竟像发自地狱里的呻吟：

"主公！与人伦之道相比，君臣之道乃小事也。夺妻之恨，尽在此言中！"话音未落，身轻如燕地跃起，右手匕首寒光一闪，直取忠直卿。可是敏捷的忠直卿毫不费力地抓住他右手一拧，按倒在地。旁边有个侍臣自作聪明地把忠直卿的佩刀递过来，却被他喝退。

"与四郎，不愧是真武士啊！"忠直卿说罢，放开了与四郎。与四郎手执匕首，头也没抬，跪拜在地。

忠直卿继续说道："你妻子也是不肯顺从于我的命令，在家臣里真是难得一见呀。"

---

①「反」：计量布匹等物的长度单位，1 反约为 10.6 米。
②「わけもない」：轻易地。
③「気を利かせる」：表示想得周到。

言ったまま、忠直卿は心から快げに①哄笑した。

　忠直卿は、与四郎の反抗によって、二重の喜びを得ていた。一つは、一個の人間として、他人から恨まれ殺されようとすることによって、初めて自分も人間の世界へ一歩踏み入れることが許されたように覚えたことである。もう一つは、家中において、打物取っては俊捷第一の噂ある与四郎が必死の匕首を、物の見事に取り押えたことであった。この勝負に、嘘や偽りがあろうとは思えなかった。彼は、久し振りに勝利の快感を、何の疑惑なしに、楽しむことができた。忠直卿は、この頃から胸のうちに腐りついている鬱懐の一端が解け始めて、朗らかな光明を見たように思われた。

　与四郎は、何のお咎めもなく下げられたばかりでなく、与四郎の妻も、即刻お暇を賜った。

　が、忠直卿のこの喜びも、決して長くは続かなかった。

　与四郎夫婦は、城中から下げられると、その夜、枕を並べて覚悟の自殺を遂げてしまった。何のために死んだのか、確かにはわからなかったが、恐らく相伝の主君に刃を向けたのを恥じたのと、かつは彼らの命を救った忠直卿の寛仁大

说罢大笑,心头甚快。

　　通过与四郎的反抗,忠直卿获得了双重欢欣。其一,被人痛恨被人行刺,使他感觉到自己似乎开始被普通人的世界所接纳。其二,论刀枪武艺,与四郎在家臣中有第一之誉,而他手执匕首前来行刺时却被自己轻易制伏。这场较量显然没有虚假成分,他终于可以毫无疑虑地享受这种久违的胜利快感,心头堆积已久的郁闷开始消散,迎来一丝光明。

　　与四郎没有受到任何责备就被释放,而且,他妻子也立刻被送了回去。

　　然而,忠直卿的欢欣并没能持续多久。

　　与四郎夫妇被释放回来当晚就双双自杀了。自杀原因并不清楚,大概是为自己行刺主公的行为感到羞愧,同时也感激忠直卿放过自己夫妇的宽宏大量吧。

①「～げ」:前接动词连用形或形容词词干,表示"看似……的样子"。

度に、感激したためであろう。

　が、二人の死を聞いた忠直卿は、少しも喜ばなかった。与四郎が覚悟の自殺をしたところから考えると、彼が匕首をもって忠直卿に迫ったのも、どうやら怪しくなって来た。忠直卿に潔く手刃されるための手段に過ぎなかったようにも思われた。もしそうだとすると、忠直卿が見事にその利腕を取って捻じ倒したのも、紅白仕合に敵の大将を見事に破っていたのと、あまり違ったわけのものではなかった。そう考えると、忠直卿は再び暗澹たる絶望的な気持ちに陥ってしまった。

　忠直卿の乱行が、その後益々進んだことは、歴史にある通り①である。最後には、家臣をほしいままに手刃するばかりでなく、無辜の良民を捕えて、これに凶刃を加えるに至った②。が、忠直卿が、かかる残虐を敢えてしたのは、多分臣下が忠直卿を人間扱いにしないので、忠直卿の方でも、おしまいに臣下を人間扱いにしなくなったのかもしれない。

听到两人的死讯后,忠直卿闷闷不乐。联想到与四郎毅然自杀一事,那么他执匕首行刺之行为也显得有些可疑了——也许这只不过是想痛快死于主公手下的一种手段而已。若果真如此,那么自己轻易地把与四郎制伏,怕也和之前在比武中完胜对手没有什么区别吧。想到此,忠直卿黯然神伤,重又陷入绝望之中。

此后,忠直卿的恶行愈演愈烈,正如历史书上记载的那样。到后来,不仅为所欲为地处死家臣,而且拘捕良民,滥杀无辜。忠直卿变得如此作恶多端,也许是因为臣下没有把他当作普通人来相处,所以最终他也把臣民视如草芥吧。

---

①「～とおり」:正如……那样。
②「～に至る」:到……程度或结果。

無名作家の日記①

九月十三日。

とうとう京都へ来た。山野や桑田は、俺が彼らの圧迫に堪らなくなって、京都へ来たのだと思うかもしれない。が、どう思われたって構うものか②。俺はなるべく、彼らのことを考えないようにするのだ。

が、俺はこの頃、つくづくある不安に襲われかけている。それはほかでもない。俺は将来作家として立っていくに十分な天分があるかどうかという不安だ。少しの自惚れも交えずに考えると、俺にはそんなものが、ちょっとありそうにも思われない。東京にいる頃は、山野や桑田や杉野などに対する競争心から、俺でも十分な自信があるような顔をしていた。が、今すべての成心を去って、公平に自分自身を考えると、俺は創作家として、何らの素質も持っていないように思われる。

俺は、文学に志す青年が、ややもすれば③犯しやすい天

一个无名作家的日记

九月十三日

终于来到京都了。山野和桑田他们可能会以为我跑到京都来是因为抵挡不住他们的压力。唉，管他们怎么想呢。我尽量不去想他们。

不过，这时我开始深深感到了某种不安。不是别的，而是怀疑自己是否具有当作家的天分。平心而论，我觉得自己缺少这种天分。在东京时，出于对山野、桑田、杉野他们的竞争心理，我总是显得很有信心似的。现在如果抛开成见，反躬自省，我觉得自己并不具备当一名作家的素质。

有志于文学的青年往往会高估自己的天分，

---

① 本篇原文字数约为 21 300 字，改写后字数约为 7 900 字。
② 「～ものか」：表示反问。
③ 「ややもすれば」：往往，动不动就。

分の誤算を、やったのではあるまいかと、心配している。人生の他の方面に志す人は、少しぐらいは自分の天分を誤算しても、どうにかごまかしがつくものだ。金の力、あるいは血縁の力などが、天分の欠陥もある程度まで補ってくれる。が、芸術に志す者にとって、天分の誤算は致命的の失策だ。ここでは、天分の欠陥を補う、何らの資料も存在していないのだ。黄金だと思っていた自分の素質が日を経るに従って、銅や鉛であったことに気がつくと、もうおしまいだ。天分の誤算は、やがて一生の違算となって、一度しか暮されない人生を、まざまざと棒に振って①しまうのだ。昔から今まで、天分の誤算のために、身を誤った無名の芸術家が幾人いたことだろう。一人のシェークスピアが栄えた背後に、幾人の群小戯曲家が、無価値な、滅びるにきまっている②戯曲を、書き続けたことだろう。一人のゲーテが、ドイツ全土の賞賛に浸っている脚下に、幾人の無名詩人が、平凡な詩作に耽ったことだろう。無名に終った芸術家は、作曲家にもあっただろう。俳優にも無数にあっただろう。一人の天才が選ばれるためには、多くの無名の芸術家が、その足下

我担心自己也犯了这个错误。若是其他领域，就算对自己天分的估计稍微有误，也总能混下去，可以通过金钱、亲属等关系在某种程度上弥补天分之不足。然而对于立志投身艺术的人来说，高估自己天分则非常致命，因为艺术天分的欠缺是没有任何方法可以弥补的。原以为自己拥有像金子一样闪亮的天赋，可是随着年月流逝，才发现自己只不过是一块废铜烂铁，这时已经悔之莫及。对天分的高估会影响一辈子，无法重来的人生就这样被白白耽误了。古往今来，有多少默默无闻的艺术家，正是因为高估了自己的天分而贻误终身啊！莎士比亚功成名就，可是在他身后，有多少个无名的剧作家正写着那些毫无价值、注定泯灭的剧本啊！歌德在德国备受赞颂，可是在他脚下，有多少无名诗人正埋头写着平庸之作啊！像这种默默无闻的艺术家，除了作家，还有作曲家，还有无数演员吧。每当一个天才诞生，便有众多无名艺术家默默地在他脚下充当垫脚石。

①「棒に振る」：白费，白白断送。
②「〜にきまっている」：必定……

に埋め草①となっているのだ。無名の芸術家でも、その芸術的向上心において、芸術的良心において、決して天才の士に劣っているわけはないのだ。彼らの欠点はただひとつである。それは彼らの天分が、どんなに磨きを掛けても輝かない鉛か銅であることだ。

こう考えてくると、俺は堪らなく自分が嫌になる。

十月一日。

なんとなく落ち着けない。ことに夕暮れが来るとそうだ。

東京にいる山野や桑田などが一日一日どんなに成長しているかを考えると、俺は一刻もじっとしてはいられない②という気がする。俺が、研究室でバーナード・ショーの全集を漁っているうちに、桑田はかねがね書くと言っていた三幕物の社会劇を、もうとっくに書き上げているかもしれない。俺が、教室でくだらないノートを作っている間に、山野はもう半分以上訳了していたハウプトマンの「織工」の出版書店を、見つけたかもしれない。そう思うと、俺はいよいよ堪らない気がする。

俺は、彼らに対抗するために、戯曲「夜の脅威」を書いて

其实,这些无名的艺术家,若论艺术进取心,若论艺术良知,决不比天才差;他们的缺点只有一个——那就是缺乏天分,所以无论如何打磨始终还是黯淡无光的废铜烂铁。

想到这里,我忽然十分厌恶自己。

十月一日

最近总觉得心神不定,特别是傍晚时分。

一想到东京那边的山野、桑田他们在一天天进步,我就会坐立不安。我在研究室里查阅萧伯纳全集时,桑田说不定早把他计划要写的那个三幕社会剧写出来了。我在教室里无聊地听课做笔记时,山野也许已经把霍普特曼的《织工》翻译完一大半,甚至找到了出版社。想到这里,我就更加无法忍受。

为了对抗他们,我在写一个剧本,叫《黑夜的威胁》。

①「埋め草」:报纸、杂志等用来填补空白版面的小短文。
②「じっとしてはいられない」:坐立不安。

いる。が、俺の頭は高等学校時代のでたらめの生活のために、まったく消耗しきっている。この戯曲の主題には、少し自信がある。が、俺のペンから出てくる台詞は月並みの文句ばかりだ。中学時代に、自分ながら誇っていた想像の豊かなことなどは、もう俺の頭の中には、跡形もなくなっている①。が、ともかくこの脚本を書き上げる。脚本が出来上がったら、中田先生を訪問することにしよう。中田の知遇を得さえすれば、案外早く文壇に紹介されて、俺の天分をあくまで軽蔑している山野などを、あっと言わせて②やることも、決して不可能でない。

十二月二十九日。

俺は、今日東京の山野から、不快極まる③手紙を受け取った。それは、俺に挑戦し、俺を侮辱し、俺の感情をめちゃくちゃに傷つけてやろうという悪意に満ちた手紙だ。文句はこうだった。

「どうだい! ばかに黙っているね。京都にも、少しは文学らしいものがあるかい。僕たちこっちにいる連中は、もう今までのように、ただぼんやり外国文学の本などを、弄り回す

可是我的灵感已经被高中时那乱七八糟的生活消耗殆尽。其实对于这个剧本的主题，我还略有自信；可是一下笔，却净是陈词滥调。中学时期我常常自诩想像力丰富，而如今我的头脑却变得如此贫乏……无论如何，还是先把剧本写出来，写好后就去拜访中田老师。只要能得到中田老师赏识，帮我引荐一下，早日跻身文坛，让一直小瞧我的山野等人刮目相看，也并非没可能。

　　十二月二十九日
　　今天收到山野从东京寄来的一封信，这信让我很恼火。信里充满了恶意，对我进行挑衅、侮辱和伤害。信是这么写的：
　　"你最近怎样？没啥动静嘛。京都那边可有什么像样的文学？我们几个已经不再像以前一样乱看什么外国文学了，

---

① 「跡形もない」：无影无踪。
② 「あっと言わせる」：令人大吃一惊。
③ 「〜極まる」：前接汉语名词或形容动词词干，表示"极其……"。

ことに飽いてしまったのだ。僕たちが、高等学校時代に神聖視していた『文学研究』なども、考えてみればくだらないことじゃないか。僕たちは自分で創作しなければ嘘だ。創作は黄金だ。ほかのすべては銀だ。否、それ以下の銅か鉛かだ。僕たちは、もうじっとしてはいられないのだ。高等学校時代のように、いつまでも呑気に構えられてはいられないのだ。僕たちの計画は、もうすっかり決まっている。僕たちは、来年の三月から、同人雑誌を出すのだ。同人の顔ぶれは、桑田、岡本、杉野、川瀬、それに僕、このほかに僕たちより一年上の井上君、芳島君が加わる。雑誌の名は多分『×××』と付くだろう。三月の一日に初号を出す。もう、皆は初号の原稿に忙しい。締切は一月三十日限りだ。まあ刮目して、僕たちの活動ぶりを見てくれ給え①。僕たちは本当に黎明が来たという気がする。」

　おしまいまで読み終わった俺は、烈しい嫉妬と憤りを感じると同時に、突き放されたような深い淋しさを、感ぜずにはいられなかった。

　この手紙のどこにも、君も同人になってはどうかとか、君も書いてはどうかというような文句は、破片さえも入っていない

腻了。想想看,高中那时我们所景仰的《文学研究》,其实也没啥意思。我们应该自己搞创作,创作是金子,其他都是白银,不,应该说是废铜烂铁。我们不能再这么无所作为了,不能再像高中时一样悠闲地混日子。我们已经制订了计划,明年三月开始创办同人杂志。成员有桑田、冈本、杉野、川濑,还有我,另外,比我们高一级的井上、芳岛也打算加入。杂志名大概会起作《×××》。三月一日发行创刊号,现在大家都忙着写稿,截稿日期是一月三十日。你就拭目以待吧,看我们好好大干一场。我们感到黎明真的到来了。"

　　读完这信,我顿时感到强烈的妒忌和愤怒,同时,一种被人抛弃的孤独感油然而生。

　　信里,没有一句提到"你也加进来吧"、"你也写写稿吧"之类的话,

---

① 「～給え」：前接动词连用形,表示轻微的命令语气。

のだ。すべては山野の遊戯的な悪意から出た手紙だ。同人雑誌の発行を、凱旋的に報じて孤独に苦しんでいる俺を、あくまで傷つけてやろうという彼の質の悪い悪戯だ。同人に加えない俺には、少しも必要のない初号の締切期日などを報じて、俺を苛立たせてやろうというあいつの悪意が、歴然と見え透いている。

　　山野が予期していたよりも以上に①、この手紙は俺を傷つけた。

　　俺は山野の手紙をずたずたに引き裂くと共に、絶望的な勇気を奮い起こした。彼らが同人雑誌で打って出るのなら、俺は単独で出て見せる②。そして彼らの鼻をあかして③、あっと言わせてやろう。

　　一月三十日。

　　俺は、今宵初めて中田先生を自邸に訪った。俺は感激に満ちていた。が、考えてみれば、感激した俺の方がばかだったのだ。中田先生の方からいえば、ただ一人の学生の訪問を受けたのに過ぎないのだ。

　　俺は、挨拶が済むとすぐ、俺の脚本を出した。

可见全是出于山野的恶作剧。他像炫耀战果似的告诉我
发行同人杂志的消息，就是为了进一步打击我。明明没
让我加入，还偏要告诉我创刊号的截稿日期，这分明就是
让我在一旁干着急嘛。他的险恶居心跃然纸上。

　　这封信深深刺伤了我，甚至超出山野的预期。

　　我把信撕得粉碎，在绝望中鼓起勇气——他们既然
办同人杂志，那我就要孤军奋战混出名堂来，给他们点颜
色瞧瞧！

　　一月三十日

　　今晚，我第一次登门拜访中田老师，心里满怀激动。
不过一想觉得自己挺傻的，对于中田老师而言，只不过是
一个普通学生来访而已。

　　寒暄之后，我马上拿出自己的剧本来：

----

①「～以上」：此处表示超过……程度。
②「～て見せる」：表示做某件事的决心。
③「鼻をあかす」：抢先下手，使对方大吃一惊。

「ぜひ一つご覧になってください。できはあまりよくありませんが、処女作ですから。」

「なるほど」と、先生は顔の筋肉一つ動かさずに言った。そして、ちょっと二、三枚めくって見てから、「いずれ拝見しておきましょう」と、静かに付け加えた。俺が、山野らの同人雑誌に対抗するために、懸命の力を注いだ力作を、先生は何の感激もなしに、俺の手から受け取った。俺はそれがかなり淋しかった。

「よかったら、どこかの雑誌へ」と、そんなことは、口に出す勇気さえなかった。俺は、手持ち無沙汰①になって帰ろうとした。そして帰り際に、

「英国の近代劇の研究には、どんな参考書がいいでしょうか」と聞いた。すると先生は言下に、

「マリヨ・ボルサがいいでしょう」と言った。俺は、それを聞くと少々落胆した。マリヨ・ボルサは、俺が高等学校時代に読んだ本だ。ほんの手引き草に過ぎない本だ。

俺は、先生が詩に熱心で、戯曲には冷淡だという風評を、幾度聞いたかもわからない。しかし、これほど先生が戯曲に冷淡だとは思っていなかった。俺は、「夜の脅威」が、先生か

"请老师帮我看看。这是我的处女作,虽然写得不太好。"

"这样呵。"老师面无表情地接过去,翻看了两三页,平静地说:"改天我好好拜读一下。"这可是我为了对抗山野同人而呕心沥血写成的力作,老师接过去时竟无动于衷。

我觉得很失落,连"请帮忙推荐到杂志上"之类的话也没敢说。这么呆着有些尴尬,于是我打算回去。临走时,我问老师:"要研究英国现代戏剧,有什么比较好的参考书呢?"

老师不假思索地回答:"马利约·波尔沙还可以吧。"我听了有点失望。马利约·波尔沙,我高中就读过了,他写的只是一些入门书。

我曾多次听人说中田老师热衷于诗而不喜欢戏剧,可这么冷淡的态度还是让我始料不及。看来我的《黑夜的威胁》怕是要受冷落了,

①「手持ち無沙汰」:闲得无聊。

ら受ける待遇についてまったく心細くなってしまった。

　三月五日。

　とうとう、同人雑誌「×××」が出た。さすがに俺にも一部送ってきた。俺は、それを開いた時、今までにない不快な圧迫を感じた。それは、山野から受けたそれよりも、もっと不快な、しかも現実的なものであった。同人の連名を見た時に、俺はとうとうやつらに捨てておかれたと思った。俺はどれほど嫉妬に燃えただろう①。俺よりも天分においては劣っていると思う岡本などまでが、俺より急に偉くなったように思われて仕方がない②。

　俺は巻頭に載せられた山野の小説「顔」を、恐る恐る読んだ。俺はそれが不出来で、愚作で全然彼の失敗であることを祈りながら読んだ。が、その一分の隙のない、まとまった書き出しに俺はまず気圧されてしまった。ことに一句一句、蜘蛛の糸のように粘り気があって、しかも光沢のある文章が、山野一流の異色ある思想をぐんぐんと表現していくあたり、俺はあいつに対してますます強い反感を感じると同時に、あいつの魅力ある筆致によって、ぐいぐい頭を押えられてしま

真有点担心。

　　三月五日

　　同人杂志《×××》终于出版了，还给我寄来一本。我翻开杂志时，感受到了一种前所未有的压抑。比起之前山野的咄咄逼人，现在这种压抑更让人恼火，而且也更加现实。当我在杂志上看到他们名字时，心想：自己终于被他们抛开了。心里是多么嫉妒啊！连天资尚不如我的冈本等人，都忽然爬到我头上去了，真是越想越气。

　　刊登在卷首的是山野的小说《脸》，我战战兢兢地翻开来看，心里一边祈愿它是一篇彻头彻尾的失败之作。可是小说开头就把我镇住了——无懈可击，结构严谨，特别是字里行间仿佛蜘蛛网似的上下相连、光彩夺目，行云流水般地表现了作者那卓尔不群的思想。我既对他越来越反感，又为他那精彩的文笔所折服。

---

①「どれほど～だろう」：表示感叹，意为"多么……啊"。
②「～て仕方がない」：表示程度很深，意为"……得不得了"。

った。ことに「顔」の主題は、今の文壇には一度も現れなかったような、奇抜な、しかも深刻味のある哲学だった。もし、「顔」が、山野、否、俺の友人の作品でなかったら、俺はどんなに驚喜したことだろう①。それが、俺の競争者しかも俺を踏みつけようとする山野の作品であるために、俺は全力を尽して、その作品から受ける感銘を排斥しようとした。

三月十五日。

雑誌「×××」の評判が、素晴らしくいい。ことに山野の「顔」の評判がいい。俺は、なるべく新聞の文芸欄を見まいとした②。「×××」が評判されるのが、癪だからである。が、なんとなく「×××」の評判が気になって仕方がない。俺は、白状するが、もう三日ばかり、続けて図書館に通った。そっと「×××」の評判を読むためにである。最初にI新聞が、六号活字ではあったが、雑誌「×××」の創刊を祝福した。そして山野の「顔」を特に激賞した。が、そればかりではなかった。それから三日ばかりして、T新聞の文芸欄で、批評家H氏が山野の「顔」を激賞した。俺はそれを読んで、心の奥から込み上げてくる嫉妬をどうすることもできなかった。とう

特别是《脸》所要表现的主题十分独特,在当今文坛上还是首次出现,而且主题思想深刻,富于哲学意味。假如《脸》不是山野、不是我朋友写出的作品,我看了该多么惊喜呀! 然而,这是山野的作品,他是我竞争对手,还想把我踩在脚下,所以我要竭力排斥它带给我的感动。

　　三月十五日
　　杂志《×××》口碑不错,特别是山野的《脸》好评如潮。这使我十分恼火,所以我想尽量不去看报刊文艺栏,可是不知怎的偏又很在意外界对《×××》的评价。说实话,我已经连续三天跑到图书馆去,就是为了偷偷看那些关于《×××》的评论。最开始看到的是 I 报纸,用六号字体祝贺《×××》创刊,还极力推崇山野的《脸》。这还没完,三天后,在 T 报文艺栏上,评论家 H 先生对山野的《脸》大加赞赏。看了这些评论,我心底涌起强烈的嫉妒感,无法抑制。

- -

①「どんなに～だろう」: 表示感叹,意为"多么……啊"。
②「～まいとする」: 表示否定的意志。

とう、あいつに踏みにじられたと思った。俺は、この二、三年、憂慮していた運命が、もう的確に、実現するように思った。山野や桑田が文壇の花形として持てはやされ、俺が無名作家として、永久に葬られること、それはもう「×××」の発行で、早くも実現の第一段に到達したのだ。

四月十六日。

俺は、今日短い原稿を今度創刊になる雑誌「群衆」に送った。わずか七枚ばかりの小品だ。俺はこの「群衆」を主幹しているT氏に、たった一度会ったことがあるのだ。俺の小品が採用されたら、山野らに対して少しの反抗はなし得たことになるのだ。

五月三日。

俺は今朝、新聞の広告を見た時、今月の雑誌「△△」の小説欄に、山野の小説「廃人」が載っているのを見た時、俺はあっと驚いたまま、しばらくは茫然とした。俺は鉄槌で殴られたような打撃を感じながら、まだ自分の視覚を疑った。どんなに評判がよくても、文壇の中央へ乗り出すのには間

我终于还是被那家伙踩在脚下了。这两三年来我所担忧的命运，正在逐步变成现实——山野和桑田成为文坛宠儿，广受追捧，而我将默默无闻，永被埋没。——《×××》的发行，便已完成了第一步。

四月十六日

今天我给新创刊的杂志《群众》投稿了，是篇只有七页纸的小品文。我和《群众》主编Ｔ先生有过一面之缘。如果我的文章能发表，对山野他们多少也是个反击。

五月三日

今早我在报纸上看见一则广告：本月《△△》杂志的小说栏刊登了山野的小说《废人》。看到这消息，我十分惊讶，随后便茫然不知所措，像被铁锤重击了一下似的，不敢相信自己的眼睛。我本以为：即便作品受好评，要跻身文坛也需假以时日吧。

菊池宽漫画

があるだろうと高を括っていた①のは、俺の誤りだった。あいつは、俺のそうした予想を見事に裏切ってしまった。もう、あいつが流行作家で、俺が無名作家であることは、厳として動かすべからざる事実だ。俺は眩しいものを見るように、あの広告を見た。山野敏夫——という三号の活字が、さながら②俺を嘲笑しているように感じた。題名の「廃人」は、作家としては「廃人」に近い俺を、モデルにしたのではないかとさえ思った。

　が、俺はこれほど反感を持っているあいつの作品が、一刻も早く読みたくなるから不思議だった。山野の作品を読むために「△△」を買うこと、換言すればあいつの作品のために「△△」が一部でも多く売れることは、考えてみれば少し不快だったが、それでも俺はあいつの作品が、読みたくて堪らなかった③。

　俺は「△△」と共に、自分が寄稿した「群衆」を買ってきた。俺の小品も編集者の好意で、二段組ではあったが掲載されていた。が、「△△」と「群衆」! それは雑誌としての勢力において、無限大の隔たりがあった。俺は山野が偶然、「群衆」を手に取って、俺の作品に気がついた時、「ふふん」と嘲弄の微笑を漏らす、その顔付までが歴然と感じられた。

我显然过于乐观了,那家伙的势头完全出乎我意料。看来,他成为流行作家,我成为无名作家,这已经是板上钉钉的事实。我看着那广告,一阵晕眩,"山野敏夫"几个三号铅字仿佛正在嘲笑我。小说题名《废人》,会不会是以我为原型写的呢——作为作家,我无异于一个废人……

虽然我对他如此反感,可是我却想尽快看看他的新作,真有点不可思议。为了看他的新作,我得买一本《△△》——也就是说,他的作品使《△△》又多卖出一本——想到这里,难免不快,可我还是渴望看到他的作品。

我买了一本《△△》,同时也买了一本自己投稿的《群众》杂志。在杂志编辑帮忙下,我那篇文章被截成两部分刊登出来了。当然,《△△》和《群众》,这两份杂志的权威性不可同日而语!山野如果偶然在《群众》上看到我的作品,一定会嗤之以鼻,我仿佛已经看到他那嘲弄的嘴脸……

---

① 「高を括る」:掉以轻心,没放在眼里。
② 「さながら」:与后面的「～ようだ」搭配,表示"好像……似的"。
③ 「～てたまらない」:表示程度很深,意为"……得不得了"。

　もう「勝負はあった」という気がする。俺の負けは俺自身にさえ明らかだ。なあに! 初めから勝負になっていなかったのだ。「△△」のあいつの小説の第一ページをじっと見つめていると、無念と絶望の涙が頬を伝って流れた。

　五月十五日。
　俺は、今日久し振りで山野の手紙を受け取った。どうせ俺を嘲笑し揶揄するための手紙だろうと思ったから、俺はちょっと開封する気にならなかった。が、夕方になってようやく開けて見ると、割合に親切な文面であった。
　「君も知っている通り、同人雑誌『×××』は創刊以来、割合世間の注目を引いている。もう根気よくさえ続けていけば、皆ある程度まで出られるという気がする。従って、皆脂が乗りかかっている①。それについては君だが、僕たちは、君が京都で独りぼっちでいることに対し大いに同情をしている。『×××』発刊の時にも、君をぜひ同人に入れなければならないのだが、君が東京にいないため、ついいろいろ差支えがあって、やむなく②君を入れることができなかった。僕たちは、それを非常に遺憾に思っている。が、この頃は僕もほか

胜负已分。我自己也很清楚，我输了。哼，双方从一开始就实力悬殊呀！我翻开山野发表在《△△》上的小说，怔怔地看着第一页，懊恼而绝望的泪水顺着脸颊淌下。

五月十五日

今天收到山野寄来的信，很久没联系了。我想信里无非是对我进行嘲笑揶揄而已，所以也不太想看。傍晚时，打开信来看，字里行间却颇为亲切：

"你也知道，同人杂志《×××》创刊以来，备受瞩目。只要能耐心地坚持办下去，定有出头之日，所以大家都干劲十足。只是每念及你孤身一人在京都，我们都深表同情。《×××》发刊时，本来很想邀请你一同加入的，只因你不在东京，诸多不便，最终未能实现。我们都感到非常遗憾。

---

① 「脂が乗る」：干劲十足。
② 「やむなく」：不得已。

の雑誌から原稿を頼まれるし、桑田も近々ほかの雑誌に書く

だろうから、『×××』は自然誌面に余裕ができるので、君の作

品も紹介し得る①機会がたびたび来るだろうと思う。だか

ら、君もいいものがあったら、遠慮しないでどしどし送ってく

れ給え。むろんあまりひどいものは困るが、水準以上のも

のなら喜んで紹介するから。」

　この手紙を読んだ時、俺は今まで山野に対して抱いていた

嫉妬や反感を恥ずかしいとさえ思った。俺が山野の世に現

れていくのを呪っている間に、山野は俺のために好意ある

配慮をなすことを忘れなかったのだ。彼らに対して意地を立

てている②よりは、彼らに接近して「×××」に作品を発表し

た方が、どれほどよいことだかわからなかった。山野の手紙を

見た時、今まで俺には遮られていた光線が、初めて温かく

俺の身体を包むような気がした。俺はすぐ返事を書いた。あ

まり興奮してあいつに笑われはしまいかと思われるほど、

興奮に満ち感激に満ちた手紙を書いた。そしてすぐ後から

作品を送ることを言い添えた。俺の手紙は、明らかに卑しい

哀願の調子を交えていた。俺は自分の態度のうちに征服さ

最近,我应邀为其他杂志撰稿,桑田好像也有其他稿约,所以《×××》就多出一些空余版面,我们寻思可以有机会介绍你的作品啦。如果你有什么好作品,请不必客气,随时寄来。当然,太差的不能要,中上水平的话我们都乐意刊登的。"

　　看了这信,想到自己平时对山野的嫉妒和反感,不禁有点羞愧。我对山野的成功大肆诅咒时,山野却一直在惦记、关心我。与其继续逞强和他们对着干,还不如融入他们、在《×××》上发表些作品更好呵。看了山野的来信,我似乎第一次感觉到阴霾散去,温暖的阳光照遍全身。我立刻写了回信,信里洋溢着兴奋和感激之情,甚至有点担心过于兴奋而被他们笑话呢。最后加了一句:作品随后寄去。信里明显流露出低声下气的口吻,

①「～得る」:前接动词连用形构成复合动词,表示"能够……"。
②「意地を立てる」:意气用事,逞强。

れた弱者が、強者に阿っているような、さもしい態度を感づいた。今まで、極端に呪詛していた彼の、華々しいデビューに対してさえ、賞賛の言葉を連ねた。が、俺にはそれを卑しむべきこととして思い止まりうるほどの余裕はなかったのだ。山野の好意にすがることは、現在の俺にとっては唯一の機会だといってもよかったのだ。

俺は手紙を出した後で、すぐ中田先生を訪問した。俺の脚本の「夜の脅威」をもらいに行ったのだ。先生のところへ持って行ってから、もう三カ月以上になる。先生はもうとっくに、俺の脚本のことなどは忘れてしまったと見え、たまたま俺に言葉を掛けることなどがあっても、脚本のことはおくびにも出さなかった①。が、今度山野のところへ作品を送るとしても、一番まとまっているものは「夜の脅威」であった。

考えてみれば、俺は発表のことばかりに気を取られて②、本質的の創作にはまったく呑気であったのだ。

中田先生は、いつものように在宅した。俺が来意を述べると、

「そうそう、君の脚本を預かっていたっけ③」と、言いながら立って、書棚の一隅を探ってくれた。そして、おそらく俺が持

连我自己也从中感受到一种弱者被征服后对于强者的阿
谀媚态。山野在文坛崭露头角，对此我一向大肆诅咒，而
今却在信里堆砌着溢美之词——我已经无法制止自己这
种可耻的行为。可以说，依靠山野帮助是我目前唯一的
机会了。

　　把信寄出后，我立刻上门去拜访中田老师，打算取回
我写的剧本《黑夜的威胁》。距上次登门已经过去三个多
月，老师怕早就忘记这回事了，即便有时间和我谈话，可
对于剧本却只字未提。现在要把作品寄给山野，能拿出
手的只有这个《黑夜的威胁》。看来，我一心想着怎么发
表，对于根本性的创作问题倒是忽略了。

　　中田老师照常在家，听我说明来意后，便说："对噢，
你的剧本还在我这儿吧。"一边站起身，在书架角落里翻
找出那本似乎原封未动的剧本，

----

①「おくびにも出さない」：只字不提。
②「気を取られる」：注意力被吸引，分心。
③「〜け」：终助词，以「たっけ」、「だっけ」的形式出现，表示确认
　语气。

ってきた時のままらしい俺の脚本を、取り出してくれた。俺は、それでも「夜の脅威」という表題を見ると、旧知にあったように懐かしく思った。俺がこの三、四カ月間、焦慮に焦慮を重ねている間にも、俺の作品は中田先生の書棚の一隅で、悠々たる閑日月を送っていたのだった。「いよいよ発表することになったのですか。それは結構です。活字になった上で①、まとまった批評をしましょう」とお世辞を言って②くれた。俺は中田先生の、極度に無関心な態度をむしろ尊敬した。帰ってから一度読み直すと、すぐ書留にして山野に送った。

五月二十五日。

山野から手紙が来た。俺はそれを何らの感情を交えずに、この日記に再録しておこうと思う。この手紙を見た時の俺の感情は、ここには、どうしても表現することができないから。

「僕たちは皆、君の『夜の脅威』を読んだ。そして言い合わせたように、多大な失望を感じた。僕は遠慮なく言いたい。世間並のお世辞を言ったって始まらない③から。僕は第一、

还给我。见到封面上"黑夜的威胁"几个字,有种旧友重逢之感。这三四个月以来,我殚精竭虑,而我的作品却躺在中田老师的书架一隅悠闲度日。"终于能发表了啊?挺好呀。到时等刊登出来,我再好好评论一下吧。"中田老师这么恭维了几句。他的冷淡态度简直令人肃然起敬。回家后,我把剧本重读一遍,然后用挂号信寄给了山野。

五月二十五日

山野给我回信了。我把这封信照录如下,不加入任何主观情感。因为我看这封信时的情感,是无法用语言描述的。

"我们读了你写的《黑夜的威胁》,不约而同地感到很失望。说那些司空见惯的恭维话毫无意义,所以我还是直说吧——首先,

---

① 「〜上で」: 在……基础上,……之后。
② 「お世辞を言う」: 说恭维话、奉承话。
③ 「〜たって始まらない」: 是「〜ても始まらない」的口语形,表示"即使……也无济于事"。

あの作の主題に失望した。あれは全然借りものじゃないか。君自身、本当の君自身から出たものではないだろう。僕はあの主題を君が何から借用したかを、的確に指摘することができる。が、主題を借りたのはいいとして、あの作品の全体にわたっている① 低級な感傷主義は、一体何だ! 君は高等学校の一年生時代から、思想的には一歩も進歩していないね。僕たちは、あの頃の思想からは、もうすっかり卒業してしまっているのだ。僕は君の脚本から、何らのいいところも見出さなかった。しかし、それは恐らく僕一人の不公平な評価だと思ったので、君の脚本を桑田、岡本、杉野などにも読ませたよ。が、彼らが君の作品に下した評語は、君に知らせることは見合わせよう。それはあまりに君を傷つける心配があるからだ。で、僕たちは遺憾ながらあの作品を『××

×』に載せることは見合わせる② ことにした。君が、僕のこの苦言に憤慨して、折り返し傑作を寄せてくれれば幸いだ。」

罠! 俺は確かに山野の掛けた罠に掛ったのだ! あいつは自分の華々しい成功に浸りながら、その意識をもっと高調させるために、俺を傷つけてみたくなったのだ。

我对这部作品的主题感到失望。这全是抄袭别人的东西，并不是出自你本身的构思吧。我可以明确指出你的主题是从哪里抄袭过来的。其次，暂且不管主题，看看作品里通篇弥漫着廉价的感伤主义，什么东西嘛！看来你还停留在高中一年级阶段，思想上没有一点进步呀。我们早就告别了高中时期的思想啦。你的剧本找不出任何可取之处。我怕这是自己一家之见，未必公正，于是把你的剧本拿给桑田、冈本、杉野他们看。他们的评语还是不告诉你算了，以免太伤你自尊。很遗憾，你这个作品不能刊登在《×××》上。希望我这番忠告能使你知耻而后勇，尽快写出好作品来寄给我们。"

圈套！我完全中了山野设下的圈套！这家伙沉浸在成功的喜悦里，为了更尽兴，还要故意设计伤害我。

----

①「～にわたる」：表示涉及的时间、地点、范围很广。
②「見合わせる」：暂停，推迟，作罢。

　あいつは桑田などに、「どうだろう！富井のやつ、京都で何をやっているのだろう。相変わらず例の甘い脚本かなんかを、書いているに違いない。どうだい！『×××』に載せてやるとか何とか言って、あいつの作品を取り寄せて、皆で試験をしてやろうじゃないか①」と、言ったに違いない。人の良い杉野や岡本などが、心配して止めると、あいつはなお面白がって、実行に取りかかったのだ。あいつに似合わない親切な手紙は、こうした動機からでなければ、書かれるわけのものでない。

　山野に対する憎悪、永久に妥協の余地のない憎悪が前よりも十倍激しい勢いで、俺の心のうちに込み上げてくるのを感じた。が、山野のトリックに掛って、うまうまと「夜の脅威」を、得意になって差し出した俺の弱さ加減を考えると、俺は自分の身をいとおしむ涙が頬を潤すのを感じた。

×月×日

　もう「×××」が出てから、二年半になる。「×××」はもうとっくに廃刊してしまった。が、山野や桑田や岡本や杉野は作家として立派に登録を済まして「×××」同人として文壇を闊歩している。ことに、山野は一作ごとに②文壇を騒がせ

　　他一定是这么对桑田他们说的：“不知富井现在京都做什么呢？一定还跟以前一样写些无聊的剧本吧。怎样，要不我们试他一下，就说是《×××》约稿，让他寄些作品过来。”善良的杉野和冈本想制止他，他却更来劲了，动手实施他的计划。那封充满关怀的来信，若非出于这种动机，他是根本写不出来的。

　　我对山野的憎恨涌上心头，这憎恨比原来更强烈十倍，永远难以消除。可是，自己竟这么容易上钩，还得意洋洋地把《黑夜的威胁》寄去，真是窝囊。想到这里，不禁潸然泪下。

　　×月×日

　　从《×××》创刊至今已过去两年半，而且早已停刊了。当然，山野、桑田、冈本、杉野等《×××》同人都已顺利注册成为作家，昂首阔步地走上文坛。尤其是山野，每一作品问世都会引起轰动，

---

①「〜じゃないか」：前接动词推量形，用于号召、劝诱。
②「〜ごとに」：接尾词，表示“每……”。

て、今では押しも押されぬ①位置を占めてしまった。

　俺と彼らとの距離は、もう絶対的に広がってしまった。かえって、こうなると、もう競争心も、嫉妬も起こらない。俺は彼らが流行作家として、持てはやされる事実を、平静に眺めていることができる。

　流行作家! 新進作家! 俺は、そんな空虚の名称に憧れていたのが、この頃では、少し恥かしい。明治、大正②の文壇で名作として残るものが、一体いくらあると思うのだ。俺は、いつかアナトール・フランスの作品を読んでいると、こんなことを書いてあるのを見出した。

　「太陽の熱がだんだん冷却すると、地球も従って冷却し、ついには人間が死に絶えてしまう。が、地中に住んでいる蚯蚓は、案外生き延びるかもしれない。そうするとシェークスピアの戯曲や、ミケランジェロの彫刻は蚯蚓に笑われるかもしれない。」

　なんという痛快な皮肉だろう。天才の作品だっていつかは蚯蚓に笑われるのだ。まして山野なんかの作品は今十年もすれば、蚯蚓にだって笑われなくなるんだ。

如今他已在文坛上牢牢占据了一席之地。

我和他们之间的差距已不可同日而语。然而,现在我反而能平静地接受他们成为流行作家这一事实,不再有什么竞争意识和嫉妒心。

流行作家!文坛新秀!——我曾经憧憬过这些虚名,现在想起来有点羞愧。明治、大正时期文坛流传下来的名作能有多少呢?我曾在阿纳托尔·法朗士的作品里见过这样的话:

"太阳的热量渐渐冷却,地球也随之冷却,最终人类将灭亡。可是,也许地底下的蚯蚓却能存活下来。也许,莎士比亚的戏剧、米开朗琪罗的雕塑终将被蚯蚓所嘲笑。"

这讽刺真是淋漓尽致啊!天才艺术家的作品有朝一日都会被蚯蚓嘲笑,更何况山野之流的作品,再过十年,连蚯蚓也不屑嘲笑了吧。

----

① 「押しも押されぬ」:一致公认的,不可动摇的。
② 「大正」:大正时期,1912—1926 年。

恩讐の彼方に①

一

　市九郎は、主人の切り込んで来る太刀を受け損じて、左の頬から顎へかけて②、微傷ではあるが、一太刀受けた。自分の罪を——たとえ向こうから挑まれたとはいえ、主人の寵妾と非道の恋をしたという、自分の致命的な罪を、意識している市九郎は、主人の振り上げた太刀を、必至な刑罰として、たとえその切っ先を避けるに努めるまでも、それに反抗する心持ちは、少しも持ってはいなかった。

　が、一旦血を見ると、市九郎の心は、たちまちに変わっていた。彼の分別のあった③心は、闘牛者の槍を受けた牡牛のように荒んでしまった。どうせ死ぬのだと思うと、そこに世間もなければ主従もなかった。今までは、主人だと思っていた相手の男が、ただ自分の生命を、脅かそうとしている一個の動物——それも凶悪な動物としか、見えなかった。彼は奮然として、攻撃に転じた。彼は「おうお」と叫びながら、持っ

不计恩仇

一

市九郎没躲开主人砍来的这一刀,左边脸颊到下颚被砍了一下,虽然伤得不重。

他早就意识到自己犯下的罪行——他和主人的爱妾好上了,虽说是对方挑逗在先,但这个罪行还是不可饶恕的,必受重罚。所以当主人挥刀砍来时,他也只是一味躲闪,无意反抗。

然而,一见到血,市九郎立刻就红了眼,像一头被斗牛士刺伤的公牛一样,变得狂暴起来。心想:反正是一死,哪还管什么人情世故、主仆之分,平时所敬重的主人,眼下却只不过是一头动物——一头凶残的动物,要取自己性命。于是市九郎开始奋然迎战,转守为攻,他"嗷"地大喝一声,

① 本篇原文字数约为 22 700 字,改写后字数约为 9 200 字。

② 「～から～へかけて」:从……到……

③ 「分別がある」:明白事理,有判断力。

ていた 燭台 を、相手の 面上 を目がけて①投げ打った。市九
郎が、防御のための防御をしているのを見て、気を許してかか
っていた主人の三郎兵衛は、不意に投げつけられた燭台を受
けかねて②、その蝋受けの一角がしたたかに彼の右眼を打っ
た。市九郎は、相手のたじろぐ隙に、脇差を抜くより早く飛
びかかって、主人の脇腹を思う様③、横に薙いだのであった。

　相手が倒れてしまった瞬間 に、市九郎は我に返った④。
今まで興奮して朦朧としていた意識が、ようやく落ち着く
と、彼は、自分が主殺しの大罪を犯したことに気がついて、
後悔と恐怖とのために、そこにへたばってしまった。

                         二

　市九郎は、山野の別なくただ一息に馳せて、明くる日の昼
下がり、美濃国の浄願寺に駆け込んだ。彼は、最初からこの
寺を志して来たのではない。彼の遁走の中途、偶然この
寺の前に出た時、彼の惑乱した懺悔の心は、ふと宗教的
な光明に縋ってみたいという気になったのである。

　彼は、上人の手によって得度して、了海と法名を呼ば
れ、ひたすら仏道修行に肝胆を砕いた⑤。

把手中的烛台向对方脸上猛扔过去。主人三郎兵卫见市九郎只招架不还手，有点大意，一时躲闪不及，被烛台一角狠狠击中了右眼。市九郎趁势拔出短刀，一个箭步抢上前，照主人的侧腹一刀横砍下去。

看着主人倒下的瞬间，市九郎一下清醒了。刚才被血性冲昏了的头脑一旦冷静下来，才意识到自己犯下了弑主之罪，心头涌起悔恨与惊恐，一下瘫倒在地。

二

市九郎在山林里拼命奔跑，第二天午后，他跑进了美浓国的净愿寺。其实他并不是一早就打算好来投奔这里，而是因为在逃跑途中偶然见到这座寺院时的一个闪念：也许只有宗教的光明才能拯救自己这颗惶惑的忏悔之心。

他剃度出家了，法号了海。此后精研佛法，潜心修行。

---

① 「～を目がけて」：以……为目标，向着……
② 「～かねる」：前接动词连用形，表示"难以……"。
③ 「思う様」：随意地，尽情地。
④ 「我に返る」：醒悟过来，恢复神志。
⑤ 「肝胆を砕く」：煞费苦心，呕心沥血。

行住座臥にも、人のためを思わぬことはなかった。道路に難渋の人を見ると、彼は、手を引き、腰を押して、その道中を助けた。病に苦しむ老幼を負って、数里①に余る道を遠しとしなかったこともあった。本街道を離れた村道の橋でも、破壊されている時は、彼は自ら山に入って、木を切り、石を運んで修繕した。道の崩れたのを見れば、土砂を運んで来て繕った。かくして、畿内から、中国を通して②、ひたすら善根を積むことに腐心したが、身に重なる罪は、空よりも高く、積む善根は土地よりも低きを思うと、彼は今更に、半生の悪業の深きを悲しんだ。市九郎は些細な善根によって、自分の極悪が償いきれぬことを知って、心を暗くした。逆旅の寝覚めにはかかる頼もしくない報償をしながら、なお生を貪っていることが、甚だ腑甲斐ない③ように思われて、自ら殺したいと思ったことさえあった。が、その度ごとに、不退転の勇を翻し、諸人救済の大業を為すべき機縁の至ることを祈念した。

三

ある日、市九郎は、山国川に沿って、歩み難い石高道を、杖

　　行住坐卧，他无时不顾及他人。路遇难行之人，或牵手，或扶腰，倾力相助。他有时身背患病老孺跋涉几十里路也不嫌远。见邻村的桥坏了，就亲自进山去伐木，搬石块，把桥修好。见道路坍塌了，就运来砂土，把路修好。就这样，他云游四方，从京城到中国，所到之处，行善积德。然而，他却自知罪孽深重有如天高，相比之下，自己的行善积德却比尘土更低微，做这些微不足道的善事不足以补偿自己的罪恶。每念及此，悲从中来。甚至有几次在旅店半夜醒来，想到自己为这无望的补偿而苟且偷生，实在窝囊，恨不得一死了之。不过最终还是打消了自杀念头，鼓足勇气，继续寻求普济众生的机缘。

三

　　一日，市九郎拄着拐杖行走在山国川沿岸一条崎岖的山路上时，

---

①「里」：长度单位，1 里约等于 4 公里。
②「～を通して」：遍及，贯穿。
③「腑甲斐ない」：窝囊，没出息。

を頼りに辿っていた時、ふと道のそばに、この辺の農夫であろう、四五の人々が罵り騒いでいるのを見た。

　市九郎が近づくと、その中の一人は、早くも市九郎の姿を見つけて、

　「これは、よい所へ来られた。非業の死を遂げた、哀れな亡者だ。通りかかられた縁に、一遍の回向をしてください。」と、言った。

　「見れば水死人のようだが、所々皮肉の破れているのは、どうした仔細だ。」と、市九郎は聞いた。

　「ご出家は、旅の人と見えて、ご存じあるまい①が、この川を半町も上れば、鎖渡しという難所がある。山国谷第一の切所で、南北往来の人馬が、ことごとく難儀する所だが、この男はこの川上柿坂郷に住んでいる馬子だが、今朝鎖渡しの中途で、馬が狂ったため、五丈に近い所を真っ逆様に落ちて、見られる通りの無残な最期だ。」と、その中の一人が言った。

　「鎖渡しと申せば②、かねがね難所とは聞いていたが、かようなあわれを見ることは、度々ござるのか。」と、市九郎は、死骸を見守りながら、打ちしめって聞いた。

忽然见到路边有四五个当地农夫模样的人在吵嚷，就走近去看。

其中一人早看见了他，说："你来得正好。我们这里有个可怜的家伙死了，你刚好路过，就给他念念经吧。"

"看样子像淹死的呀，怎么全身上下的皮肉都裂开了呢？"市九郎问道。

"出家人，看你是外地路过的吧，你有所不知呵。沿这条河往上走约五十来米，有个险处叫铁索关，只能攀着铁索过去。这可是山国谷第一险关呵，南来北往多少车马，一到这里都没了辙。这个摔死的人是个马夫，住在河上游的柿坂乡，今早过铁索关时，马忽然撒野，连人带马掉下五丈深的山崖去。你看，死得真惨呵。"其中一人说道。

"这铁索关之险，以前倒是听说过的。不过，像这种出人命的惨剧经常有发生吗？"市九郎看着尸体问道。

①「ご存じ」：此处为「知る」的尊敬语。
②「申す」：此处为「言う」的自谦语。

「一年に三四人、多ければ十人も、思わぬ憂き目を見る①ことがある。無双の難所故に②、雨風に桟が朽ちても、修繕も思うに委せぬのだ。」と、答えながら、百姓たちは死骸の始末にかかっていた。

市九郎は、この不幸な遭難者に一遍の経を読むと、足を早めてその鎖渡しへと急いだ。

そこまでは、もう一町もなかった。見ると、川の左に聳える荒削りされたような山が、山国川に臨む所で、十丈に近い絶壁に切り立たれて、そこに灰白色のぎざぎざした巖の多い肌を露出しているのであった。山国川の水は、その絶壁に吸い寄せられたように、ここに慕い寄って、絶壁の裾を洗いながら、濃緑の色を湛えて、渦巻いている。

里人らが、鎖渡しと言ったのはこれだろうと、彼は思った。道は、その絶壁に絶たれ、その絶壁の中腹を、松、杉などの丸太を鎖で連ねた桟道が、危げに伝っている。か弱い婦女子でなくとも、俯して五丈に余る水面を見、仰いで頭を圧する十丈に近い絶壁を見る時は、魂消え、心戦くも理であった。

市九郎は、岩壁に縋りながら、戦く足を踏み締めて、よう

"每年三、四人吧，多则十来人，会在这里意外摔死。因为地势太险，栈道朽了也没法修。"村民们一边回答，一边开始料理后事。

市九郎为这个不幸的遇难者诵了一遍经，然后快步走向铁索关。

走不到百来米，就见到一座山高耸在河流左岸，像被切削出来似的。面临山国川这边是近十丈的峭壁，上面布满了灰白色的锯齿状褶皱。山国川的水仿佛被这峭壁所吸引，奔流而至，一边洗刷着绝壁下的裙裾，一边翻涌起深绿色的漩涡。

他想，村里人所说的铁索关，就是这里吧。峭壁上，山路断绝，只在山腰处有一条用铁索将松树、杉树圆木连接而成的栈道，摇摇欲坠。俯看脚下五丈深的水面，仰望头顶十丈高的绝壁，莫说老弱妇孺，任谁都会不寒而栗，魂飞魄散。

市九郎手扶石壁，双脚颤抖，

---

① 「憂き目を見る」：尝到苦头，遭受不幸。
② 「～故に」：表示因果关系。

やく渡り終わってその絶壁を振り向いた刹那、彼の心にはとっさに大誓願が、勃然として萌した。

　積むべき贖罪のあまりに小さかった彼は、自分が精進勇猛の気を試すべき難業に逢うことを祈っていた。今目前に行人が艱難し、一年に十に近い人の命を奪う難所を見た時、彼は、自分の身命を捨ててこの難所を除こうという思い付きが旺然として起こったのも無理ではなかった。二百余間①に余る絶壁を刳り貫いて道を通じようという、不敵な誓願が、彼の心に浮かんで来たのである。

　市九郎は、自分が求め歩いたものが、ようやくここで見つかったと思った。一年に十人を救えば、十年には百人、百年、千年と経つうちには、千万の人の命を救うことができると思ったのである。

四

　こう決心すると、彼は、一途に実行に着手した。その日から、羅漢寺の宿坊に宿りながら、山国川に沿った村々を勧化して、隧道開鑿の大業の寄進を求めた。

　が、何人もこの風来僧の言葉に、耳を傾ける②者はなか

终于走完这条栈道。当他回头看那绝壁时，忽然心里萌发了一个伟大的誓愿。

自觉行善积德微不足道的他，一直祈求能遇上艰苦卓绝的伟业，以考验自己的修行和勇气。所以当他见到这阻断行人、每年夺走近十条人命的险关时，自然闪现出一个念头——自己舍命也要铲除这座难关。要打通这长达三百余米绝壁的惊天宏愿就此萌生。

他想：自己一直孜孜以求的机会，今天总算找到了。一年救十人的话，十年即百人，百年、千年，则得救之人数以千万计……

四

下定决心后，他就义无反顾地开始动手了。从那天起，他寄宿在罗汉寺的宿舍里，每天去游说山国川沿岸的村民，募集资金准备开凿隧道。

可是，没人肯相信这个云游和尚的话。

---

①「間」：长度单位，1间约为1.82米。
②「耳を傾ける」：倾听，仔细听。

った。

「三町をも超える大盤石を刳り貫こうという風狂人だ、ははははは。」と、嗤うものは、まだよかった。「大騙りだ。針のみぞから天を覗く①ようなことを言い前にして、金を集めようという、大騙りだ。」と、中には市九郎の勧説に、迫害を加える者さえあった。

市九郎は、十日の間、いたずらな勧進に努めたが、何人もが耳を傾けぬのを知ると、奮然として、独力、この大業に当たる②ことを決心した。彼は、石工の持つ槌と鑿とを手に入れて、この大絶壁の一端に立った。それは、一個のカリカチュアであった。削り落しやすい火山岩であるとはいえ、川を圧して聳え立つ蜿蜒たる大絶壁を、市九郎は、己一人の力で刳り貫こうとするのであった。

「とうとう気が狂った!」と、行人は、市九郎の姿を指しながら嗤った。

が、市九郎は屈しなかった。山国川の清流に沐浴して、観世音菩薩を祈りながら、渾身の力を籠めて第一の槌を下ろした。

やがて、市九郎は、雨露を凌ぐために、絶壁に近く木小屋を

　　"说什么要打通这座三百多米长的巨石,真是个疯和尚,哈哈哈。"许多人都嘲笑他。这还算好的,甚至有人怀疑说:"这个大骗子,编些这么幼稚的借口,想骗我们钱呢!"欲加害于他。

　　这样过了十天,市九郎的努力只是徒劳,无人肯相信他的话。于是他奋然下定决心:要独自担此大业。他找来石匠用的铁锤和凿子,站在绝壁边上——这个情形实在很可笑。虽说是易于切削的火山岩,可是面对这样一座高耸在河岸上的蜿蜒峭壁,市九郎竟然想要以一己之力来打通它。

　　"这人是疯了!"路人指着他嘲笑道。

　　然而,市九郎并不气馁。他沐浴着山国川的清流,一边向观世音菩萨祈祷,用尽全身力气在岩壁上敲下了第一锤。

　　不久,市九郎在绝壁附近建了一间小木屋,以遮蔽风雨。

------

① 「針のみぞから天を覗く」:从针眼里看天空,坐井观天。
② 「～に当る」:此处意为"承担……,负责……"。

立てた。朝は、山国川の流れが星の光を映す頃から起き出
で、夕は瀬鳴の音が静寂の天地に澄みかえる頃までも、止め
なかった。が、行路の人々は、なお嗤笑の言葉を止めなか
った。

「身のほどを知らぬ①たわけだ。」と、市九郎の努力を眼中
に置かなかった。

　が、市九郎は一心不乱に槌を振った。槌を振っていさえす
れば、彼の心には何の雑念も起こらなかった。人を殺した
悔恨も、そこにはなかった。極楽に生まれようという、欣求も
なかった。ただそこに、晴々した精進の心があるばかりで
あった。彼は出家して以来、夜ごとの寝覚めに、身を苦しめた
自分の悪業の記憶が、日に薄らいで行くのを感じた。彼はま
すます勇猛の心を振い起こして、ひたすら専念に槌を振
った。

　新しい年が来た。春が来て夏が来て早くも一年が経っ
た。市九郎の努力は、空しくはなかった。大絶壁の一端に、
深さ一丈に近い洞窟が穿たれていた。それは、ほんの小さ
い洞窟ではあったが、市九郎の強い意志は、最初の爪痕を明
らかに止めていた。

每天清早,山国川的河面还映照着星光时他就起来动工了;直至入夜,万籁俱寂,他还不肯停歇。可是,路人经过时仍嗤笑不已:"真是不知天高地厚的疯子!"并没把他的努力放在眼里。

然而,市九郎不为所动,专心挥动铁锤。只要一抡起铁锤,他心里就没有任何杂念,没有了对杀人的悔恨,也没有对于极乐净土的向往。能感受到的,只是一种专心修行的畅快。自从出家以来每夜缠绕自己的那些罪孽回忆,也随之日渐淡忘。于是,他越发奋勇了,每日专心挥动铁锤。

新的一年到了。春天,夏天,很快一年过去了。市九郎的努力没有白费,在绝壁一端凿出了近一丈深的洞窟。虽然只是一个小洞窟,但却清楚地留下了他坚强意志的最初痕迹。

①「身のほどを知らぬ」:不知天高地厚。

が、近郷の人々はまた市九郎を嗤った。

「あれ見なさい！ 狂人坊主が、あれだけ掘りおった①。一年の間もがいて、たったあれだけだ……」と、嗤った。が、市九郎は自分の掘り穿った穴を見ると、涙の出るほど嬉しかった。それはいかに浅くとも、自分が精進の力の如実に現れているものに、相違なかった。市九郎は年を重ねて、また更に振り立った。夜は如法の闇に、昼もなお薄暗い洞窟のうちに端座して、ただ右の腕のみを、狂気のごとくに②振っていた。市九郎にとって、右の腕を振ることのみが、彼の宗教的生活のすべてになってしまった。

洞窟の外には、日が輝き月が照り、雨が降り嵐が荒んだ。が、洞窟の中には、間断なき槌の音のみがあった。

一年経ち、二年経った。一念の動くところ、彼の痩せた腕は、鉄のごとく屈しなかった。ちょうど、十八年目の終わりであった。彼は、いつの間にか、岩壁の二分の一を穿っていた。

里人は、この恐ろしい奇跡を見ると、もはや市九郎の仕事を、疑わなかった。彼らは、七郷の人々合力の誠を尽くし、挙って市九郎を助け始めた。

人々は、衰残の姿いたいたしい市九郎に、「もはや、そな

　　然而,村里人还在嘲笑他:"看呀,那个疯和尚只挖出了这么一点窟窿,折腾一年,只挖出了这么一丁点……"可是,市九郎看着自己凿出的洞穴,却欢喜得流出了泪水。尽管洞窟尚浅,却已能如实反映出自己的努力成果。于是他经年累月,竟愈加振奋,端坐在夜里漆黑而白天幽暗的洞窟里,一个劲地挥动右臂,像着了魔似的。对他而言,挥动右臂已成了宗教修行的一切。

　　洞窟外头,日月辉映,狂风暴雨。而洞窟里只有那永不间断的锤声。

　　一年过去了,两年过去了……在一个信念的驱动下,他那瘦弱的手臂变得像铁一样刚强不屈。正好第十八年过去了,不知不觉间,他竟然把岩壁打通了二分之一。

　　村里人看见这惊人的奇迹,终于不再怀疑市九郎的所为,他们组织了七乡村民,齐心合力来援助市九郎。

　　此时的市九郎,已经身形憔悴,目不忍睹。

---

①「～おる」:接在动词连用形后,含有对他人轻蔑、责骂的语气。
②「～ごとく」:是比况助动词「～ごとし」的连用形,意同「～ように」。

たは石工共の統領をなさりませ。自ら槌を振うには及びません。」と、勧めたが、市九郎は頑として応じなかった。彼は、倒れれば槌を握ったままと、思っているらしかった。彼は、三十の石工がそばに働くのも知らぬように、寝食を忘れ、懸命の力を尽くすこと、少しも前と変わらなかった。

五

市九郎の健康は、過度の労働によって、痛ましく傷つけられていたが、彼にとって、それよりももっと恐ろしい敵が、彼の生命を狙っているのであった。

市九郎のために非業の横死を遂げた中川三郎兵衛は、家臣のために殺害されたため、家事不取締とあって①、家は取り潰され、その時三歳であった一子実之助は、縁者のために養い育てられることになった②。

実之助は、十三になった時、初めて自分の父が非業の死を遂げたことを聞いた。殊に、相手が対等の士人でなくして、自分の家に養われた奴僕であることを知ると、少年の心は、無念の憤りに燃えた。彼は即座に復讐の一義を、肝深く銘じた。彼は、馳せて柳生の道場に入った。十九の年

人们劝他："你来当我们石匠的头儿吧，自己就不要再抡铁锤啦。"市九郎却硬是没答应。看他样子，似乎是累倒也不肯放下铁锤的了。他似乎也没发现自己身边多了三十多个石匠，只是仍然和从前一样，废寝忘食地拼命挥锤。

五

　　由于过度劳累，市九郎的健康已经受到严重损害。然而，比这更可怕的仇敌即将到来，要取他性命。

　　被市九郎杀死的中川三郎兵卫，因忽遭家臣杀害，府中无人打理，家道败落，时仅三岁的儿子实之助被送到亲戚家收养。

　　实之助长到十三岁时，才第一次听说了父亲被杀之事。而且，对方并非地位相当的武士，而是自家门下的一个奴仆。得知此事后，少年怒火中烧，当即发誓要报仇雪恨。于是他投奔柳生武馆门下，刻苦习武。

---

①「～とあって」：表示因果关系。
②「～ことになる」：表示决定或结果。

に、免許皆伝①を許されると、彼は直ちに報復の旅に上った
のである。もし、首尾よく本懐を達して帰れば、一家再興の
肝煎り②もしようという、親類一同の激励の言葉に送られな
がら。

　実之助は、馴れぬ旅路に、多くの艱難を苦しみながら、諸国
を遍歴して、やっと敵市九郎の所在を聞き出した。

　刳貫きの入口に着いた時、彼は石の砕片を運び出している
石工に「了海どのに、御意得たい③ため、遥々と尋ねて参った
者だと、伝えてくれ。」と、言った。石工が、洞窟の中へ入った
後で、実之助は一刀の目くぎを湿した④。彼は、心のうちで、
生来初めて巡り会う敵の容貌を想像した。洞門の開鑿を
統領しているといえば、五十は過ぎているとはいえ、筋骨た
くましい男であろう。殊に、若年の頃には、兵法に疎から
ざりしというのであるから、ゆめ油断はならぬと思っていた。

　が、しばらくして実之助の面前へと、洞門から出て来た一人
の乞食僧があった。それは、出て来るというよりも、墓のごと
く這い出て来たという方が、適当であった。それは、人間とい
うよりも、むしろ⑤、人間の残骸というべきであった。肉こと
ごとく落ちて骨露われ、脚の関節以下は所々爛れて、長く

在十九岁那年，学成出师，就立即踏上了复仇之路。亲戚们也激励他说：若能成功报仇，实现夙愿，归来后定要助他重振家业。

实之助在路途中尝尽艰辛，走遍四方，终于打听到了仇人市九郎的下落。

到洞窟入口处时，他对一个搬运石块的石匠说："我远道而来想要拜访了海大师，请传个话。"石匠进去后，实之助握紧刀柄，心里想像着不曾见过面的这个仇人的容貌——既然能当开凿洞门的统领，即便五十岁出头也应该是个体格强壮之人吧，而且还听说他年轻时武艺高强，所以千万不可大意。

可是，从洞门出来、出现在实之助面前的，却是个叫花子和尚。与其说他是走出来的，倒不如说他像只蛤蟆一样爬出来更为贴切。与其说他是人，倒不如说是一具残骸，全身的肉剥落见骨，脚踝以下都溃烂了，惨不忍睹。

---

① 「免許皆伝」：师父向徒弟传授所有本领。

② 「肝煎り」：斡旋，主办。

③ 「御意を得る」：拜访。

④ 「目くぎを湿す」：准备拔刀，准备开始战斗。

⑤ 「～より、むしろ～」：与其……不如……

正視するに堪えなかった。破れた法衣によって、僧形とは知れるものの、頭髪は長く延びて皺だらけ①の額を覆っていた。老僧は、灰色を為した眼をしばたたきながら、実之助を見上げて、

「老眼衰えはてまして、いずれの方とも弁えかねます。」

と、言った。

実之助の、極度にまで、張り詰めて来た心は、この老僧を一目見た刹那たじたじとなってしまっていた。彼は、心の底から憎悪を感じ得るような悪僧を欲していた。しかるに彼の前には、人間とも死骸ともつかぬ、半死の老僧が蹲っているのである。実之助は、失望し始めた自分の心を励まして、

「そのもとが、了海と言われるか。」と、意気込んで聞いた。

「いかにも、さようでございます。してそのもとは。」と、老僧は訝しげに実之助を見上げた。

「了海とやら②、いかに僧形に身を窶すとも、よも忘れは致すまい。汝、市九郎と呼ばれた若年の砌、主人中川三郎兵衛を打って立ち退いた覚えがあろう③。某は、三郎兵衛の一子実之助と申すものだ。もはや、逃れぬところと覚悟せよ。」

と、実之助の言葉は、あくまで落ち着いていたが、そこに一歩

虽从身上那件破袈裟可知他是个和尚,可是披头散发遮住了满是皱纹的额头。老和尚眨巴着灰暗的眼睛,抬头看实之助,说:"恕我老眼昏花,认不出您是哪一位啦。"

实之助在见到这个老和尚的一刹那,此前一直极度紧张的心情忽然消散殆尽。他打心眼里希望对手是个凶恶的和尚,能勾起自己憎恨,可是现在蹲在自己面前的,却是个分不清是人是鬼、行将就木的老和尚。实之助抑制住失望之情,强打精神问道:"你就是了海吗?"

"在下正是。请问您是……"老和尚有点惊讶地抬头看实之助。

"了海,就算你乔装打扮成和尚,难道就能忘了以前的事?你,真名叫市九郎,年轻时杀害自家主人中川三郎兵卫后一走了之——这些都还记得吧。我,就是三郎兵卫之子实之助。今天你休想逃跑!"实之助的话虽然沉着,

①「～だらけ」: 接尾词,表示"满是……全是……"。
②「～とやら」: 相当于「～とか」。
③「あろう」:「ある」的推量形,相当于「あるだろう」。

も、許すまじき①厳正さがあった。

　が、市九郎は実之助の言葉を聞いて、少しも驚かなかった。

「いかさま、中川様のご子息、実之助様か。いやお父上を打って立ち退いた者、この了海に相違ございません。」と、彼は自分を敵と狙う者に逢ったというよりも、旧主の遺児に逢った親しさをもって答えたが、実之助は、市九郎の声音に欺かれてはならぬと思った。

「主を打って立ち退いた非道の汝を打つために、十年に近い年月を艱難のうちに過ごしたわ。ここで会うからは、もはや逃れぬところと尋常に勝負せよ。」と、言った。

　市九郎は、少しも悪びれなかった。もはや期年のうちに成就すべき大願を見果てずして死ぬことが、やや悲しまれたが、それも己の悪業の報いであると思うと、彼は死すべき心を決めた。

「実之助様、いざお斬りなさい。お聞き及びもなされたろうが、これは了海めが、罪滅ぼしに掘り穿とうと存じた洞門でござるが、十九年の歳月を費やして、九分までは竣工致した。了海、身を果つるとも、もはや年を重ねずして成り申そ

却能感受到一种绝不让步的威严。

然而,市九郎听了这番话却没有丝毫惊慌。"您就是中川老爷的贤郎实之助吗?当年杀害令尊后逃跑的正是了海。"他的回答不像大敌当前,倒是满怀喜逢旧主遗孤的亲切。

实之助心想:不可被他的声音所骗。遂说道:"你弑主潜逃,不仁不义,为报此仇,我这十年吃尽了苦,总算在这里找到你,你休想逃跑,我们来光明正大地决一胜负!"

市九郎并没有丝毫胆怯。只是眼看再有一年即大功告成,而自己夙愿未了就死去总有点悲伤,但这也是罪有应得。这么一想,死意已决。"实之助少爷,您动手吧。大概您也听说了,我为了赎罪,一心要打通这条隧道,花费十九年时间,已完工九成。我即便身死,这工程不出一年也必可完成。

---

① 「～まじき」:前接动词原形,表示"不应该……"。

う。御身の手にかかり、この洞門の入口に血を流して人柱①となり申さば、はや思い残すこともございません。」と、言いながら、彼は見えぬ眼をしばたたいたのである。

その時であった。洞窟の中から走り出て来た五六人の石工は、市九郎の危急を見ると、挺身して彼を庇いながら「了海様を何とするのだ。」と、実之助を咎めた。

「仔細あって、その老僧を敵と狙い、端なくも今日巡り会って、本懐を達するものだ。妨げ致すと余人なりとも②容赦は致さぬぞ。」と、実之助は凜然と言って、一刀の鞘を払った。

が、そのうちに、石工の数は増え、行路の人々が幾人となく立ち止まって、彼らは実之助を取り巻きながら、市九郎の身体に指の一本も触れさせまいと、銘々にいきまき始めた。

すると、その時、市九郎はしわがれた声を張り上げた。

「皆の衆、お控えなさい。了海、打たれるべき覚え十分ござる。この洞門を穿つことも、ただその罪滅ぼしのためだ。今かかる孝子のお手にかかり、半死の身を終わること、了海が一期の願いだ。皆の衆妨げ無用だ。」

こう言いながら市九郎は、身を挺して、実之助の傍にいざり

今日就借您之手，在此洞门口将我了断，算是献给山神的供品吧。我死而无憾。"他边说边眨巴着模糊的双眼。

正在这时，洞里跑出来五六个石匠，见势危急，纷纷上前护住市九郎，斥责实之助："你想把了海师父怎么样！"

"我和这老和尚有仇，寻找多年，没想到今日遇上，正好了我夙愿。别人谁敢上来妨碍，别怪我手下不留情！"实之助凛然道，拔刀出鞘。

越来越多石匠围过来，许多过往行人也站住，纷纷围住实之助，群情激愤，不让他动市九郎一根指头。

正在这时，市九郎声音嘶哑地喊道："大家且慢！我确实有罪该死，我开凿这条隧道，其实也只是为了赎罪而已。今天得借孝子之手，了此残生，乃我平生所愿。大家不必阻拦。"他一边说着，一边挺身蹭到实之助身旁。

---

①「人柱」：活供品，牺牲品。
②「～なりとも」：即使……也……

寄ろうとした。かねがね、市九郎の 強剛 なる意志を、知りぬ
いている①周囲の人々は、彼の決心を 翻 すべき由もない
のを知った。市九郎の 命 、ここに終わるかと思われた。その
時、石工の 統領 が、実之助の前に進み出でながら、

「お武家様も、お聞き及びでもござろうが、この 刳貫きは
了海様 、一生 の大誓願にて、二 十 年に近いご辛苦に身心
を砕かれたのだ。いかに、ご自身の悪業とはいえ、大願成就
を目の前に置きながら、お果てなさること、いかばかり無念で
あろう。我らの挙ってのお願いは、長くとは申さぬ、この 刳貫
きの通じ申す 間 、了海様 のお 命 を、我らに預けてはくだ
さらぬか。刳貫きさえ通じた節は、即座に 了海様 を存分に
なさりませ。」と、彼は 誠 を 表 して哀願した。群 衆 は
口々に、

「ことわりだ、ことわりだ」と、賛成した。

　実之助も、そう言われてみると、その 哀願 を聞かぬわけには
いかなかった。今ここで 仇 を討とうとして、群衆 の 妨害 を
受けて不覚を取るよりも、刳貫きの 竣 工 を待ったならば、今
でさえ 自 ら 進んで討たれようという市九郎が、義理に感じて

　　周围人早就知道市九郎意志坚定,知道无法动摇他的决心,觉得市九郎怕要命丧于此了吧。这时,有个石匠头领走到实之助跟前,诚恳地哀求道:"武士阁下,你也听说了吧,这隧道是了海师父平生之宏愿,为了它,历经近二十年艰辛,呕心沥血。眼看快要大功告成时,却忽到临终,就算他有罪过,也实在是憾事啊! 我们大家有个请求——不说长远的,至少在这隧道打通前,可否先留下了海师父性命? 只要隧道一竣工,了海师父即任由你处置。"

　　"说得有理,说得有理。"大家听了都纷纷表示赞成。

　　实之助被他这么一说,无法拒绝,心想:现在动手的话,必受众人阻挠,报仇不成;与其如此,还不如就等到竣工之日——刚才市九郎已想自行送命了,

---

① 「～ぬく」:前接动词连用形构成复合动词,表示"彻底地……"。

首を授けるのは、必定であると思った。またそうした打算から離れても、仇とはいいながらこの老僧の大誓願を遂げさせてやるのも、決して不快なことではなかった。実之助は、市九郎と群衆とを当分に見ながら、

「了海の僧形にめでてその願い許して取らそう。番えた言葉は忘れまいぞ。」と、言った。

「念もない①ことでござる。一分の穴でも、一寸の穴でも、この剞貫きが向こう側へ通じた節は、その場を去らず了海様を討たさせ申そう。それまではゆるゆると、この辺りにご滞在なされませ。」と、石工の棟梁は、穏やかな口調で言った。

市九郎は、この紛擾が無事に解決が付くと、それによって徒費した時間がいかにも惜しまれるように、にじりながら洞窟の中へ這入って行った。

　　　　　　　六

実之助は、大切の場合に思わぬ邪魔が入って、目的が達し得なかったことを憤った。彼はいかんともし難い②鬱憤を抑えながら、石工の一人に案内されて、木小屋のうちへ入っ

到时候必定深感我之大义,引颈受刑。而且,即便不考虑这些,帮一个老和尚达成宏愿,又何乐而不为呢,虽说他是仇人。

实之助看了一下市九郎和大伙儿,说道:"看在了海是个和尚分上,我就答应你们吧。可不能食言!"

"当然不会。不管这隧道多长,一分也好,一寸也好,只要一打通,我们就把了海师父交给你处置,跑不掉的。在那之前,你就先住在这附近过过清闲日子吧。"石匠头领心平气和地说。

事情告一段落,市九郎立即跪行着爬回洞窟去,仿佛觉得为此浪费了许多时间太可惜。

六

实之助眼看在紧要关头被大家阻挠,功败垂成,有点恼怒,却又无可如何,只能抑制住心头之恨,在一石匠带路下来到一间小木屋。

---

① 「念もない」: 用于否定对方的话,相当于「とんでもない」。
② 「いかんともし難い」: 无可奈何。

た。自分一人になって考えると、仇を目の前に置きながら、討ち得なかった自分の腑甲斐なさを、無念と思わずにはいられなかった。彼の心はいつの間にか苛立たしい憤りでいっぱいになっていた。彼は、もう剞貫きの竣成を待つといったような、敵に対する緩やかな心をまったく失ってしまった。彼は今宵にも洞窟の中へ忍び入って、市九郎を討って立ち退こうという決心の臍を固めた①。

洞窟の中は、入口から来る月光と、所々に剞り明けられた窓から射し入る月光とで、所々ほの白く光っているばかりであった。彼は右方の岩壁を手探り手探り奥へ奥へと進んだ。

入口から、二町ばかり進んだ頃、ふと彼は洞窟の底から、クワックワッと間を置いて響いて来る音を耳にした②。彼は最初それが何であるか分からなかった。が、一歩進むに従って、その音は拡大して行って、おしまいには洞窟の中の夜の寂静のうちに、こだまするまでになった。それは、明らかに岩壁に向かって鉄槌を下ろす音に相違なかった。実之助は、その悲壮な、凄みを帯びた音によって、自分の胸が激しく打たれるのを感じた。奥に近づくに従って、玉を砕くような

独自一想：仇人近在眼前，自己却未能报仇，实在窝囊，
懊恼之情油然而生。渐渐地，心情变得焦躁而愤懑，他已
经失去对仇人的宽容之心，等不到隧道竣工之日了，他决
定今晚就潜入山洞，杀掉市九郎然后离去。

　　洞中，月光从入口处和四处挖空的窗口照进来，微微
发亮。他摸索着右边的石壁，一步步走向洞里。

　　大约走了两百来米时，忽然他听见洞窟深处传来间
隔着的"咣咣，咣咣"之声。他刚开始不知道这是什么声
响，每往里走一步，声音便大一点儿，最后，竟至回荡在洞
窟的静夜中。——毫无疑问，这是铁锤敲击在岩壁上的
声音。实之助被这悲壮而又充满威严的声音深深感
动了。

------

① 「臍を固める」：下决心。
② 「～を耳にする」：听见……。

　鋭い音は、洞窟の周囲にこだまして、実之助の聴覚を、猛然と襲って来るのであった。彼は、この音をたよりに這いながら近づいて行った。この槌の音の主こそ①、敵了海に相違あるまいと思った。ひそかに一刀の鯉口を湿し②ながら、息を潜めて寄り添った。その時、ふと彼は槌の音の間々に囁くがごとく、うめくがごとく、了海が経文を誦する声を聞いたのである。

　そのしわがれた悲壮な声が、水を浴びせるように実之助に徹して来た。深夜、人去り、草木眠っている中に、ただ暗中に端座して鉄槌を振っている了海の姿が、墨のごとき闇にあってなお、実之助の心眼に、ありありとして映って来た。それは、もはや人間の心ではなかった。喜怒哀楽の情の上にあって、ただ鉄槌を振っている勇猛精進の菩薩心であった。実之助は、握りしめた太刀の柄が、いつの間にか緩んでいるのを覚えた。彼はふと、我に返った。既に仏心を得て、衆生のために、砕身の苦を嘗めている高徳の聖に対し、深夜の闇に乗じて、ひはぎのごとく、獣のごとく、瞋恚の剣を抜きそばめている自分を顧みると、彼は強い戦慄が身体を伝って流れるのを感じた。

越往里走,这锐利的声音回荡在周围,有如玉碎之声,猛袭而来。他循声爬行,近前一看,发出锤声的,正是仇人了海。实之助暗中握紧了刀柄,屏住呼吸,悄悄走近。这时,他忽然在锤音间隙里听见了海念经的声音,像在窃窃私语,又像在喃喃呻吟。

这嘶哑而悲壮的声音,对于实之助有如醍醐灌顶。夜深人静,万籁俱寂,只有了海端坐于黑暗中挥动铁锤,宛如暗夜中的一尊墨像,清晰地映在实之助眼里。这已经不是寻常人心,而是超越七情六欲、只知一味挥动铁锤、潜心修行的菩萨心肠。实之助发现自己不知何时已经松开了紧握的刀柄,忽然回过神来。面对这已经皈依佛门、为普救众生而甘受粉身碎骨之苦的高僧,自己竟然趁着夜黑,暗拔仇恨之刀剑,无异于强盗所为,无异于禽兽——他这么反省着,一阵强烈的战栗传遍全身。

①「～こそ」:表示强调,意为“……正是……”。
②「鯉口を湿す」:手按刀柄,准备拔刀。

　洞窟を揺がせるその力強い槌の音と、悲壮な念仏の声とは、実之助の心を散々に打ち砕いてしまった。彼は、潔く竣成の日を待ち、その約束の果されるのを待つよりほかはない①と思った。

　実之助は、深い感激を懐きながら、洞外の月光を目指し、洞窟の外に這い出たのである。

　そのことがあってから間もなく、刳貫きの工事に従う石工のうちに、武家姿の実之助の姿が見られた。彼はもう、老僧を闇打ちにして立ち退こうというような険しい心は、少しも持っていなかった。了海が逃げも隠れもせぬことを知ると、彼は好意をもって、了海がその一生の大願を成就する日を、待ってやろうと思っていた。

　が、それにしても、茫然と待っているよりも、自分もこの大業に一臂の力を尽くすことによって、幾何かでも復讐の期日が短縮されるはずであることを悟ると、実之助は自ら石工に伍して、槌を振い始めたのである。

　敵と敵とが、相並んで槌を下ろした。実之助は、本懐を達する日の一日でも早かれと、懸命に槌を振った。了海は

　　在力撼山洞的锤音和悲壮的念经之声感召下，实之助的报仇之心消散殆尽。他别无选择，只能守信用地等到竣工之日，等那时再履行约定。

　　实之助满怀感动，在月光的指引下，爬出洞外。

　　那之后不久，在从事隧道工程的石匠里，多了一个武士着装的实之助。他再也没有动过暗杀老和尚的歪念。当他知道了海既不逃跑也不躲藏，便心怀好感，决心等到了海完成生平夙愿之日。然而，与其这么空等，不如自己也为此大业添上一臂之力，而且多少可以缩短一些复仇之期——想到这里，实之助便亲自加入石匠行列中，开始抡起了铁锤。

　　两个敌对的仇人，开始了并肩作战。实之助为了能早日报仇，努力挥动铁锤。

---

①「～よりほかはない」：只能……，除此之外，别无他法。

実之助が出現してからは、一日も早く大願を成就して孝子の願いを叶えてやりたいと思ったのであろう。彼は、また更に精進の勇を振るって、狂人のように岩壁を打ち砕いていた。

そのうちに、月が去り月が来た。実之助の心は、了海の大勇猛心に動かされて、彼自ら剗貫きの大業に讐敵の恨みを忘れようとしがち①であった。

石工共が、昼の疲れを休めている真夜中にも、敵と敵とは並んで、黙々として槌を振っていた。

七

それは、了海が剗貫きに第一の槌を下ろしてから二十一年目、実之助が了海に巡り会ってから一年六ヶ月を経た夜であった。この夜も、石工どもはことごとく小屋に退いて、了海と実之助のみ、終日の疲労にめげず②懸命に槌を振っていた。その夜九つに近い頃、了海が力を籠めて振り下ろした槌が、朽木を打つがごとく何の手答えもなく力余って、槌を持った右の掌が岩に当たったので、彼は「あっ」と、思わず声を上げた。その時であった。了海の朦朧たる老眼

而自从实之助出现后，了海似乎也想早日完工以成就孝子之愿望，于是比往常更加拼命，像发了疯似的敲凿石壁。

日月如梭，实之助渐渐被了海的精神所感动，自己也因投身于开凿隧道的大业中而几乎忘了杀父之仇。

石匠们白天干活，晚上休息。而这对仇敌却不分昼夜，默默地并肩挥动铁锤。

七

这是了海在岩壁上敲下第一锤以来的第二十一个年头，从实之助遇到了海算起也过了一年零六个月。这天夜里，石匠们都回屋里休息了，只有了海和实之助不顾劳累，仍夜以继日地挥动铁锤。这时已是午夜将至。了海用力敲下的这一锤却像击打在朽木上一样没什么反应，他没收住力，拿锤的右手一下撞到岩壁上，他不禁"啊"地喊出声来。

---

① 「～がち」：前接名词或动词连用形，表示"往往……容易……"。
② 「～にめげず」：不畏……不因……而气馁。

にも、紛れなくその槌に破られた小さい穴から、月の光に照らされた山国川の姿が、ありありと映ったのである。了海は「おう!」と、全身を震わせるような名状しがたい叫び声を上げたかと思うと、それにつづいて狂したかと思われるような歓喜の泣き笑いが、洞窟を物凄く蠢めかしたのである。

「実之助どの。ご覧なさい。二十一年の大誓願、端なくも①今宵成就致した。」こう言いながら、了海は実之助の手を取って、小さい穴から山国川の流れを見せた。その穴の真下に黒ずんだ土の見えるのは、岸に沿う街道に紛れもなかった②。敵と敵とは、そこに手を取り合って、大歓喜の涙に咽んだのである。が、しばらくすると了海は身を退って、

「いざ、実之助どの、約束の日だ。お斬りなさい。かかる法悦の真ん中に往生致すなれば、極楽浄土に生まれること、必定疑いなしだ。いざお斬りなさい。明日ともなれば③、石工共が、妨げ致そう、いざお斬りなさい。」と、彼のしわがれた声が洞窟の夜の空気に響いた。が、実之助は、了海の前に手を拱いて座ったまま、涙に咽んでいるばかりであった。心の底から湧き出ずる歓喜に泣く凋びた老僧を見て

就在这时,透过铁锤凿破的小洞,了海的模糊双眼分明看
见了月光照射下的山国川。"噢——"他发出一声令人浑
身发抖、难以言状的喊叫,然后立刻像发狂似的喜极而
泣,又哭又笑,声音震撼了整个山洞。

　　"实之助少爷,你看,二十一年的夙愿,想不到今晚就
能实现了。"了海边说边拉着实之助的手,让他从小孔里
看山国川河水。小孔下方那片黑黝黝的土地,显然就是
沿岸的街道了。这一对仇敌互相握紧双手,喜泪横流。

　　过了一会儿,了海退后一步,说:"实之助少爷,我们
约定的日子到了,你动手吧。能在这般法悦境界中往生,
定能赴极乐净土。你快动手吧。一到明天,他们又会来
阻挠了。你快动手吧。"他那嘶哑的声音回荡在山洞静夜
的空气中。可是,实之助却在了海面前拱手坐下,泣不成
声。当他看到这个衰弱的老和尚发自内心喜极而泣的样
子时,

①「端なくも」:没想到,没有料到。
②「紛れもない」:显然,毫无疑问。
③「～ともなれば」:一到……场合,就会出现后项的结果。

いると、彼を敵として殺すことなどは、思い及ばぬことであった。敵を打つなどという心よりも、このか弱い人間の双の腕によって成し遂げられた偉業に対する驚異と感激の心とで、胸がいっぱいであった。彼はいざり寄りながら、再び老僧の手を取った。二人はそこにすべてを忘れて、感激の涙に咽び合ったのであった。

杀敌报仇的心思早已烟消云散,心里只是对这项靠柔弱
双手完成的壮举充满了惊叹和感动。他爬上前去,又握
住老和尚的手。两人就这么相拥而泣,忘掉了一切。

青洞门中の塑像

形 ①

　摂津半国の主であった松山新介の侍大将中村新兵衛は、五畿内、中国に聞こえた大豪の士であった。

　そのころ、畿内を分領していた大名小名の手の者で、「鎗中村」を知らぬ者は、おそらく一人もなかっただろう。それほど、新兵衛はその扱き出す三間柄の大身の鎗の鋒先で、先駆けしんがりの功名を重ねていた。そのうえ、彼の武者姿は戦場において、水際立った華やかさを示していた。火のような猩々緋の羽織を着て、唐冠纓金の兜をかぶった彼の姿は、敵味方の間に、輝くばかりの鮮やかさを持っていた。

　「ああ猩々緋よ唐冠よ」と敵の雑兵は、新兵衛の鎗先を避けた。味方が崩れ立った時、激浪の中に立つ岩のように敵勢を支えている猩々緋の姿は、どれほど味方にとって頼もしいものであったかわからなかった。また嵐のように敵陣に殺到する時、その先頭に輝いている唐冠の兜は、敵にと

外　形

　　松山新介是摄津国半壁江山的领主,他手下有员大将叫中村新兵卫,其威名传遍了畿内五国及中国地区。

　　当时,分封割据畿内五国的大小诸侯,提起"神枪中村"恐怕无人不晓。中村新兵卫正是凭着手中的丈八长枪,屡屡在冲锋陷阵或退守殿后中立下赫赫战功。而且,他每次出现在战场上都非常耀眼——身披火红色战袍,头戴金缨盔,在对阵中英姿勃发,光彩夺目。

　　"啊,看那红袍!看那金盔!"敌兵慑于新兵卫的威风,纷纷躲避。当己方溃败时,身着红袍的新兵卫如中流砥柱一般力抗敌军,极大地鼓舞了全军士气;当全军发动飓风般攻势杀向敌阵时,头戴金盔的新兵卫总是身先士卒,

① 本篇原文字数约为 1 700 字,改写后字数约为 1 600 字。

ってどれほどの脅威（きょうい）であるかわからなかった。

　こうして鎗中村（やりなかむら）の猩々緋（しょうじょうひ）と唐冠（とうかん）の兜（かぶと）は、戦場（せんじょう）の華（はな）であり、敵（てき）に対（たい）する脅威（きょうい）であり、味方（みかた）にとっては信頼（しんらい）の的（まと）であった。

　「新兵衛（しんべえ）どの、折（お）り入（い）ってお願（ねが）いがある。」と元服（げんぷく）①してからまだ間（ま）もないらしい美男（びなん）の侍（さむらい）は、新兵衛（しんべえ）の前（まえ）に手（て）を突（つ）いた②。

　「何事（なにごと）だ、そなたとわれらの間（あいだ）に、さような辞儀（じぎ）はいらぬぞ。望（のぞ）みというのを、早（はや）く言（い）ってみろ。」と育（はぐく）むような慈顔（じがん）をもって、新兵衛（しんべえ）は相手（あいて）を見（み）た。

　その若（わか）い侍（さむらい）は、新兵衛（しんべえ）の主君松山新介（しゅくんまつやましんすけ）の子（こ）であった。そして、幼少（ようしょう）のころから、新兵衛（しんべえ）が守役（もりやく）として、わが子（こ）のように慈（いつく）しみ育（そだ）ててきたのであった。

　「ほかのことでもない。明日（あした）はわれらの初陣（ういじん）であるほどに、何（なに）か華々（はなばな）しい手柄（てがら）をしてみたい。ついては③お身（み）さまの猩々緋（しょうじょうひ）と唐冠（とうかん）の兜（かぶと）を貸（か）してくださらぬか。あの羽織（はおり）と兜（かぶと）とを着（き）て、敵（てき）の目（め）を驚（おどろ）かしてみたい。」

　「ハハハハ念（ねん）もないことだ。」新兵衛（しんべえ）は高（たか）らかに笑（わら）った。新兵衛（しんべえ）は、相手（あいて）の子供（こども）らしい無邪気（むじゃき）な功名心（こうみょうしん）を快（こころよ）く受（う）け入（い）れることができた。

所向披靡。

　　于是，神枪中村的红袍和金盔成了战场上的关键，令敌兵闻风丧胆，令己方士气大振。

　　这天，有个年方弱冠的英俊武士来到新兵卫面前，向他行礼，说道："新兵卫将军，我有一事相求。"

　　"什么事？你我之间，不必多礼。有什么愿望尽管说。"新兵卫满脸慈爱地看着他。

　　这个年轻武士是新兵卫的主公松山新介之子，从小在新兵卫看护下长大，情同父子。

　　"也没别的什么事，只是明日我初次上阵，很想立功，所以想借您的红袍和金盔一用。穿上您的红袍和金盔，先给对方来个下马威。"

　　"哈哈哈，这有何难。"新兵卫大笑，十分理解他这种年少气盛、立功心切的想法。

①「元服」：古代男子成年戴冠仪式。
②「手を突く」：两手扶地行礼，表示恳求或谢罪之意。
③「については」：因而，因此。

「が、申しておく、あの羽織や兜は、申さば中村新兵衛の形だわ。そなたが、あの品々を身に着けるうえは①、われらほどの肝魂を持たなくてはかなわぬことぞ。」と言いながら、新兵衛はまた高らかに笑った。

　そのあくる日、摂津平野の一角で、松山勢は敵軍と鎬を削った②。戦いが始まる前いつものように猩々緋の武者が唐冠の兜を朝日に輝かしながら、敵勢を尻目にかけて、大きく輪乗りをしたかと思うと、駒の頭を立て直して、一気に敵陣に乗り入った。

　吹き分けられるように、敵陣の一角が乱れたところを、猩々緋の武者は鎗をつけたかと思うと、早くも三、四人の端武者を、突き伏せて、また悠々と味方の陣へ引き返した。

　その日に限って、黒皮縅の冑を着て、南蛮鉄の兜をかぶっていた中村新兵衛は、会心の微笑を含みながら、猩々緋の武者の華々しい武者ぶりを眺めていた。そして自分の形だけすらこれほどの力を持っているということに、かなり大きい誇りを感じていた。

　彼は二番鎗は、自分が合わそうと思ったので、駒を乗り出す

　　"不过，我可有言在先——这红袍和金盔，可以说是我中村新兵卫的外形，你既然借去穿，就须像我一样有胆魄！"新兵卫说着，又朗声大笑。

　　次日，在摄津平原上，松山新介的军队与敌军对阵交锋。开战前，一如往日，那个身披红袍的武将又出现了，朝阳辉映下，盔甲金光闪闪。他策马在阵前耀武扬威，睥睨敌营。忽然，他拨正马头，径直杀向敌阵。

　　敌阵立刻被撕开一角，阵形大乱。红袍武将挥舞长枪，挑落三四名敌兵，然后从容不迫地返回自己阵中。

　　新兵卫这日身穿黑皮铠甲、头戴铁盔，在场下观战。见红袍武将骁勇善战，不禁发出会心的微笑，一种自豪感油然而生：连自己的外形都有如此威力啊！

　　他打算第二回合由自己出战，

①「～うえは」：既然……
②「鎬を削る」：激烈交锋。

と、一文字に敵陣に殺到した。

　猩々緋の武者の前には、戦わずして浮き足立った敵陣が、中村新兵衛の前には、びくともしなかった①。そのうえに彼らは猩々緋の「鎗中村」に突き乱された恨みを、この黒皮縅の武者の上に復讐せんとして②、猛り立っていた。

　新兵衛は、いつもとは、勝手が違っている③ことに気がついた。いつもは虎に向かっている羊のような怖気が、敵にあった。彼らが狼狽え血迷うところを突き伏せるのに、何の雑作もなかった。今日は、彼らは戦いをする時のように、勇み立っていた。どの雑兵もどの雑兵も十二分の力を新兵衛に対し発揮した。二、三人突き伏せることさえ容易ではなかった。敵の鎗の鋒先が、ともすれば身をかすった。新兵衛は必死の力を振るった。平素の二倍もの力さえ振るった。が、彼はともすれば突き負けそうになった。手軽に兜や猩々緋を貸したことを、後悔するような感じが頭の中をかすめた時であった。敵の突き出した鎗が、縅の裏をかいて彼の脾腹を貫いていた。

于是策马直杀向敌阵。

　　刚才慑于红袍武将之威风、不战自乱的敌兵,这次见了中村新兵卫竟然毫无惧色,而且还奋勇拼杀。他们刚被身着红袍的"神枪中村"冲杀得七零八落,欲将满腔仇恨发泄在这个穿黑皮铠甲的武将身上。

　　新兵卫发现势头与往日大不一样——往常,敌兵看见自己便像绵羊见到老虎似的,仓皇逃窜,自己乘胜追击,不费吹灰之力;可是,今天他们却格外勇猛地投入战斗,每个士兵都竭尽全力与自己厮杀,想要击倒两三人也绝非易事。敌兵的枪尖不时擦身而过。新兵卫拼死奋战,用两倍于平时的力气,然而还是难以招架。他有点后悔自己这么轻率地把红袍和金盔借出去——就在这一闪念之间,敌兵的枪尖割破铠甲,刺穿了他的腹部。

①「びくともしない」:毫不畏惧,一动不动。
②「～んとする」:即将……将要……相当于「～(よ)うとする」。
③「勝手が違う」:情况与预想不同。

入れ札<ruby>入<rt>い</rt></ruby><ruby>札<rt>ふだ</rt></ruby>①

　<ruby>上州<rt>じょうしゅう</rt></ruby> の<ruby>代官<rt>だいかん</rt></ruby>を<ruby>斬<rt>き</rt></ruby>り<ruby>殺<rt>ころ</rt></ruby>した<ruby>国定忠次<rt>くにさだちゅうじ</rt></ruby>②<ruby>一家<rt>いっか</rt></ruby>の<ruby>者<rt>もの</rt></ruby>は、<ruby>赤城<rt>あかぎ</rt></ruby><ruby>山<rt>やま</rt></ruby>へ<ruby>立<rt>た</rt></ruby>て<ruby>籠<rt>こも</rt></ruby>って、<ruby>八州<rt>はっしゅう</rt></ruby>の<ruby>捕方<rt>とりかた</rt></ruby>を<ruby>避<rt>さ</rt></ruby>けていたが、そこも<ruby>防<rt>ふせ</rt></ruby>ぎ<ruby>切<rt>き</rt></ruby>れなくなると、<ruby>忠次<rt>ちゅうじ</rt></ruby>をはじめ、<ruby>十四<rt>じゅうし</rt></ruby>、<ruby>五人<rt>ごにん</rt></ruby>の<ruby>乾児<rt>こぶん</rt></ruby>は、ようやく<ruby>一方<rt>いっぽう</rt></ruby>の<ruby>血路<rt>けつろ</rt></ruby>を、<ruby>斫<rt>き</rt></ruby>り<ruby>開<rt>ひら</rt></ruby>いて、<ruby>信州<rt>しんしゅう</rt></ruby><ruby>路<rt>じ</rt></ruby>へ<ruby>落<rt>お</rt></ruby>ちて<ruby>行<rt>い</rt></ruby>った。

　<ruby>街道<rt>かいどう</rt></ruby>を<ruby>避<rt>さ</rt></ruby>けながら、しかも<ruby>街道<rt>かいどう</rt></ruby>を<ruby>見失<rt>みうしな</rt></ruby>わないように、<ruby>彼<rt>かれ</rt></ruby>らは<ruby>山<rt>やま</rt></ruby>から<ruby>山<rt>やま</rt></ruby>へと<ruby>辿<rt>たど</rt></ruby>った。<ruby>大戸<rt>おおど</rt></ruby>の<ruby>関<rt>せき</rt></ruby>から、<ruby>二里<rt>にり</rt></ruby>ばかりも<ruby>来<rt>き</rt></ruby>たと<ruby>思<rt>おも</rt></ruby>う<ruby>頃<rt>ころ</rt></ruby>、<ruby>雑木<rt>ぞうき</rt></ruby>の<ruby>茂<rt>しげ</rt></ruby>った<ruby>小高<rt>こだか</rt></ruby>い<ruby>山<rt>やま</rt></ruby>の <ruby>中腹<rt>ちゅうふく</rt></ruby> に<ruby>出<rt>で</rt></ruby>ていた。ふと<ruby>振<rt>ふ</rt></ruby>り<ruby>返<rt>かえ</rt></ruby>ると、<ruby>今<rt>いま</rt></ruby>まで<ruby>見<rt>み</rt></ruby>えなかった<ruby>赤城<rt>あかぎ</rt></ruby>が、<ruby>山<rt>やま</rt></ruby>と<ruby>山<rt>やま</rt></ruby>の <ruby>間<rt>あいだ</rt></ruby> に、ほのかに<ruby>浮<rt>う</rt></ruby>かび<ruby>出<rt>で</rt></ruby>ていた。

　「<ruby>赤城山<rt>あかぎやま</rt></ruby>も<ruby>見収<rt>みおさ</rt></ruby>めだな。おい、ここいらで<ruby>一服<rt>いっぷく</rt></ruby>しようか。」

　そう<ruby>言<rt>い</rt></ruby>いながら、<ruby>忠次<rt>ちゅうじ</rt></ruby>は<ruby>足下<rt>あしもと</rt></ruby>に<ruby>大<rt>おお</rt></ruby>きい<ruby>切<rt>き</rt></ruby>り<ruby>株<rt>かぶ</rt></ruby>を<ruby>見<rt>み</rt></ruby>つけて、どっかりと、<ruby>腰<rt>こし</rt></ruby>を<ruby>下<rt>お</rt></ruby>ろした。<ruby>彼<rt>かれ</rt></ruby>の<ruby>目<rt>め</rt></ruby>は、しばらくの <ruby>間<rt>あいだ</rt></ruby>、<ruby>四十<rt>よんじゅう</rt></ruby><ruby>年<rt>ねん</rt></ruby><ruby>見<rt>み</rt></ruby>なれた<ruby>山<rt>やま</rt></ruby>の <ruby>姿<rt>すがた</rt></ruby> に<ruby>囚<rt>とら</rt></ruby>われていた。

　<ruby>国越<rt>くにごえ</rt></ruby>をしようとする <ruby>忠次<rt>ちゅうじ</rt></ruby>の <ruby>心<rt>こころ</rt></ruby> には、さすがに<ruby>淡<rt>あわ</rt></ruby>い <ruby>哀愁<rt>あいしゅう</rt></ruby> が、<ruby>感<rt>かん</rt></ruby>じられていた。が、それよりも、<ruby>現在<rt>げんざい</rt></ruby><ruby>一番<rt>いちばん</rt></ruby><ruby>彼<rt>かれ</rt></ruby>の <ruby>心<rt>こころ</rt></ruby> を<ruby>苦<rt>くる</rt></ruby>

投　票

　　国定忠次一伙杀了上州的官吏,据守在赤城山,以躲避八州官府的追捕。眼看山寨要守不住了,于是忠次率领着十四五个手下弟兄,奋力杀出一条血路,逃往信州方向。

　　为了避开大道同时又不迷路,他们选择走山路。翻山越岭,走出离关卡十多里,来到一座小山岭,半山腰处杂树丛生。无意中回望,之前一直看不到的赤城隐约出现在山岭间。

　　"嘿,咱在这里歇会儿吧,最后看几眼赤城山。"

　　忠次一边说着,见脚下有棵大树桩,便"扑通"地坐了下来,出神地眺望熟悉的山岭,他在这里可跌爬滚打了四十年呵。

　　马上要远走他乡了,心里不免泛起淡淡的哀愁。然而,眼下最让他犯难的,

----

① 本篇原文字数约为 9 400 字,改写后字数约为 8 300 字。
② 「国定忠次」:江户时代后期的侠客,1810—1850。

しめていることは、乾児の始末だった。赤城へ籠った当座は、五十人に近かった乾児が、日数が経つにつれ、二人三人密かに、山を下って逃げた。捕方の総攻めを食ったときは、二十七人しか残っていなかった。それが、五、六人は召し捕られ、七、八人はいずこともなく落ち延びて、今残っている十一人は、忠次のためには、水火をも辞さない金鉄の人々だった。国を売って、知らぬ他国へ走る以上①、この先、あまりいい芽も出そうでない忠次のために、一緒に関所を破って、命を投げ出してくれた人々だった。が、代官を斬った上に②、関所を破った忠次として、十人余の乾児を連れて、他国を横行することはできなかった。人目に触れないうちに、乾児の始末を付けてしまいたかった。が、みんなと別れて、一人きりになってしまうことも、いろいろな点で不便だった。自分の目算通りに、信州追分の今井小藤太の家に、転がり込むにしたところが、国定村の忠次とも言われた貸元が、乾児の一人も連れずに、顔を出すことは、沽券にかかわる③ことだった。手頃の乾児を二、三人連れて行くとしたら④、一体誰を連れて行こう。そう思うと、彼の心のうちでは、すぐその顔触れが決まった。

是怎么安顿手下这帮弟兄。困守赤城时,手下还有将近
五十人——过不几日,两三人悄悄下山溜走了;官兵大举
进攻后只剩下二十七人;其中五六人又被抓了去,七八人
不知流落何方。眼下剩这十一人,都是肯为我赴汤蹈火
的死党。此番我流落他乡,只怕永无东山再起之日,而这
帮弟兄却肯舍命随我闯关……只是,我既犯下杀人闯关
之罪行,带着十多个弟兄闯荡他乡已不可能。还是趁现
在偏僻无人,把这事安顿一下吧。当然,如果和大家告
别,自己一人在江湖上行走也诸多不便。按计划,接下来
打算去投奔位于信州路口处的今井小藤太家,可我"国定
村忠次"说起来也是大名鼎鼎的财东,若手下连个喽啰都
不带,显然有失身份。若要带两三人同行,到底让谁去合
适呢?

　　——想到这里,他心中已经有了合适的人选。

①「～以上」: 既然……
②「～上に」: 表示递进关系,意为"不但……而且……"。
③「沽券にかかわる」: 有失身份,有伤体面。
④「～としたら」: 表示假设。

平生の忠次だったら、

「おい！浅に、喜蔵に、嘉助とが、俺と一緒に来るんだ！外の野郎達は、めいめい思い通りに落ちてくれ！路用の金は、分けてやるからな！」

と、何のこだわりもなく言えるはずだった。が、忠次は赤城に籠って以来、自分に対する乾児達の忠誠をしみじみ感じていた。皆一様に、自分のために、一命を捨ててかかっている人々の間に、自分が甲乙を付ける①ことは、どうしてもできなかった。剛愎な忠次も、打ち続く艱難で、少しは気が弱くなっているせいもあったのだろう。別れるのなら、いっそ皆と同じように、別れようと思った。

彼は、そう決心すると、

「おい！みんな！」と、周囲に散らかっている乾児達を呼んだ。烈しい叱り付けるような声だった。喧嘩の時などにも、叱咤する忠次の声だけは、狂奔している乾児達の耳にもよく徹した。

草の上に、蹲ったり、寝転んだり、めいめい思い思いの休息を取っていた乾児達は、忠次の一喝でみんな起き直った。数日来の烈しい疲労で、とろとろ眠りかけているものさ

要在往日,心直口快的忠次定会说:"喂,阿浅、喜藏、嘉助你们三个跟我走! 其他弟兄,大家分发些盘缠,各寻出路去吧!"可是,自从他困守赤城以来,越发感受到弟兄们对自己的一片忠心。大家同样跟随自己出生入死,凭什么把他们分成三六九等? 生性豁达的忠次在经历过许多患难后,现在却似乎变得有点心软了。他想:要分开的话,干脆大家一起散了吧。

　　他打定主意,便喊:"喂,弟兄们!"招呼大家聚集过来。他一向声音凌厉有如怒吼,大家即便在混战中也能听得一清二楚。

　　大家正在草地上或蹲或卧、各自休息,因连日跋涉疲劳,其中有人已昏昏欲睡。一听见忠次喊叫,马上起身集合。

---

①「甲乙を付ける」: 区分优劣,区别对待。

えあった。

「おい! みんな。」

忠次は、改めて呼び直した。「壺皿見通し」と、若い時綽名を付けられていた、忠次の大きい目がギロリと動いた。

「みんな! ちょっと耳を貸して①もらいたいのだが、俺はこれから、信州へ一人で、落ちて行こうと思うのだ。お前達を、連れて行きたいのは山々だが、お役人を叩き切って、天下のお関所を破った俺達が、お天道様②の下を、十人二十人つながって歩くことは、許されない。もっとも、二、三人は、一緒に行ってもらいたいとも思うのだが、今日が日まで、同じ辛苦をしたお前達みんなの中から、汝は行け汝は来るなという区別は付けたくないのだ。連れて行くからなら、一人残らず、みんな一緒に連れて行きたいのだ。別れるからなら、恨みっこのないように、みんな一様に別れてしまいたいのだ。さあ、ここに使い残りの金が、百五十両ばかりある。みんなに、十二両ずつ、くれてやって③、残ったのは俺がもらって行くんだ。めいめいに、志を立てて落ちてくれ! 随分、身体に気を付けろ! 忠次が、どこかで捕まって、江戸送りにでもなったと聞いたら、線香の一本でも上げてくれ!」

"喂,弟兄们!"忠次又喊了一声,双目炯炯有神——他年轻时曾有个绰号叫"骰盅透视眼"。

"各位弟兄,听我说几句。我打算自己一人到信州去。本来也想带上你们的,可是我们刚杀了官吏,横冲关卡,怕是不能再这么十多二十人在光天化日下大摇大摆了。其实我原本想带上两三人同去,可大家都是共患难的兄弟,要一视同仁,没理由说带你不带他——要带的话,大家一起去;要散的话,大家一起散,也省得互相埋怨。这里还有用剩的一百五十多两银子,每人拿十二两,剩下的归我。大家各奔前程去吧,多保重了! 若他日听到忠次被捕、押送往江户城的消息,就给我上一炷香吧!"

---

① 「耳を貸す」: 听取意见。
② 「お天道様」: 太阳,老天爷。
③ 「くれてやる」: 把……给对方。

　　忠次は、元気にそう言うと、胴巻の中から、五十両包み
を、三つ取り出して、土の上に、ずしりと投げ出した。

　　が、誰もその五十両包みに、手を出すものはなかった。み
んなは、忠次の突然な申し出に、どう答えていいか迷ってい
るらしかった。一番に、乾児達の沈黙を破ったのは、浅太郎だ
った。

　　「そりゃ、親方悪い了見だろうぜ。一体俺達が、妻子眷族
を見捨てて、ここまでお前さんに、ついて来たのは、何のためだ
と思うのだ。みんな、お前さんの身の上を気遣って、お前さん
の落ち着くところを、見届けたいと思う一心からじゃないか。
いくら、大戸の御番所を越して、もうこれから信州までは大
丈夫だといったところで①、お前さんばかりを、一人で手放す
ことは、できるものじゃない。もっとも、こう物騒な野郎ばか
りが、つながって歩けないのは、道理なのだから、お前さんが、
こいつだと思う野郎を、名指しておくれなさい。何も親分乾
児の間で、遠慮することなんかありゃしない②。お前さんの
大事な場合だ！ 恨みつらみを言うような、ケチな野郎は一人
だってありゃしない。なあ兄弟！」

　　みんなは、異口同音に、浅太郎の言い分に賛意を表した。

　　忠次朗声说罢,便从包袱里取出三包五十两银子,沉
甸甸地扔在地上。

　　可是谁也没伸手去拿。大家忽然听到忠次这番提
议,都愣住了,不知说什么好。这时,浅太郎率先打破了
沉默:

　　"大哥,这就是你不对了。弟兄们丢下家中妻儿,跟
随你来到这里,到底图个啥? 是因为我们担心你安危,得
看到你有个着落才放心。虽说我们闯过了大户关卡,从
这里去信州应该没什么危险,可你就这样一个人上路,弟
兄们可不放心。当然,一伙人成群结伙招摇过市确实也
行不通。想带谁走,你就直接点名吧。大家兄弟之间,不
必多虑。事关重大,谁也不会那么小家子气说三道四的。
对吧,弟兄们?"

　　听了浅太郎这番话,大家异口同声表示赞成。

---

① 「～ところで」:前接动词过去式,表示"即使……也……"。
② 「ありゃしない」:是「ない」的强调形。

が、そう言われてみると、忠次はなおさら選びかねた。自分の大事な場所であるだけに、彼らの名前を指すことは、彼らに対する信頼の差別を、露骨に表すことになって来る。それで、選に漏れた連中と——内心、忠次を怨むかもしれない連中と——そのまま、再会の機も期し難く、別れてしまわねばならぬことを考えると、忠次はどうしても、気が進まなかった①。

忠次は口を噤んだ②まま、何とも答えなかった。親分と乾児との間に、不安な沈黙がしばらく続いた。

「ああ、いいことがある。」十蔵というまだ二十二、三の男が叫んだ。彼は忠次の杯をもらって③からまだ二年にもなっていなかった。

「籤引きがいいや、みんなで籤を引いて、当たった者が親分のお供をするのがいいや。」

当座の妙案なので、忠次も乾児達も、十蔵の方をちょっと見た。が、嘉助という男がすぐ反対した。

「何を言ってやがる④んだい！ 籤引きだって！ 手前のような青二才⑤に籤が当たってみろ、かえって、親分の足手纏いじゃないか。籤引きなんか、俺は真っ平だ。こんな時に一番物を

可是被他这么一说，忠次却更为难了——正因现在事关
重大，他要是指名道姓地挑选人，各人在大哥心目中的位
置便表露无遗。那些没被选上的弟兄——他们心里可能
会怨恨自己——就此道别，后会无期……想到这里，忠次
心中十分不情愿。

　　于是他没有回答，默不作声。尴尬的沉默持续了好
一会儿。

　　"啊，有办法了。"这时，一个小伙子喊了一声。他名
叫十藏，只有二十二、三岁，跟随忠次还不到两年。

　　他说："抽签吧，大家来抽签，谁抽中了就跟大哥走。"

　　眼下，这确是个好主意。大家都看着十藏。

　　可是，马上有人反对了，这人名叫嘉助。"抽签？啥
馊主意嘛！要是你这样的毛头小子抽中了，跟着大哥岂
不更碍手碍脚？抽签，我不干。关键时刻还得看谁力
气大。

---

① 「気が進まない」：不愿意，提不起兴趣。
② 「口を噤む」：闭口不言，噤若寒蝉。
③ 「杯をもらう」：拜师父，拜头目。
④ 「～やがる」：前接动词连用形，表示轻蔑、责骂的语气。
⑤ 「青二才」：小毛孩子。

言うのは、腕っ節だ。おい親分！ くだらない遠慮なんかしないで、一言、嘉助ついて来いと、言っておくれなさい。」

　四斗樽を両手に提げながら、足駄を穿いて歩くという嘉助は一行中で第一の大力だった。忠次が心のうちで選んでいる三人の中の一人だった。

　「嘉助の野郎、何を大きなことを言ってやがるんだい。腕っ節ばかりで、世間は渡られないぞ。ましてこれから、知らない土地を経巡って、上州の国定忠次でございと言って歩くには、駆け引き万端の軍師がついていないことには①、どうにもならないのだ。いくら手前が、大力だからといって②、ドジばかり踏んでいては③、旅先で、飯にはならないぞ。」

　そう言ったのは、喜蔵という、分別盛りの四十男だった。忠次も喜蔵の才覚と、分別とは認めていた。彼は、心のうちで喜蔵も三人の中に加えていた。

　「親分、俺はお供はできないかなあ。俺は腕っ節は強くはない。また、喜蔵のように軍師じゃない。が、お前さんのためには、一命を捨ててもいいと、心のうちで、とっくに覚悟を決めている④んだ。」

　忍松が、そこまで言いかけると、乾児達は、周囲から口々に

嘿,大哥,不用想啦,就让我跟你走吧!"

论力气,嘉助在所有弟兄里头要数第一,他能手提四斗水桶、脚着木屐而健步如飞。他是忠次心目中的三名合适人选之一。

"嘉助你这家伙,净会说大话。咱出来混可不能光靠力气呀。而且,今后要去人地生疏的地方闯荡,要打着‘上州国定忠次’的旗号走遍天下,没有我这足智多谋的军师哪里成! 就算你力气再大,老捅娄子,怕是在半路上连吃饭也成问题哩。"

说话的人名叫喜藏,约四十来岁。他的智谋和判断力颇受忠次的赏识,也被列在那三人名单里。

"大哥,能带上我不? 我虽力气不大,也不像喜藏那么多计谋,可是我早已下定决心,就算为你掉脑袋也在所不惜。"

忍松话没说完,大家便骂开了:

---

① 「～ないことには」: 相当于「～なければ」,句末多用否定。
② 「～からといって」: 尽管……也……
③ 「ドジを踏む」: 失败,犯错。
④ 「覚悟を決める」: 下定决心。

罵った。

「何を言ってやがるんだい、親分のために 命 を投げ出している者は、手前一人じゃないぞ、ふざけたことをぬかすな。」

そう言われると、忍松 は 一言 も なかった。半白の 頭 を、照れ隠しに搔いていた。

そうしているうちに、半時ばかり経った。日光山らしい方角に出た朝日が、もうよほど差し上っていた。 忠次 は、黙々として、みんなの言うことを聞いていた。二、三人連れて行くとしたら、彼は籤引きでは連れて行きたくなかった。やっぱり、信頼の出来る乾児を 自ら選びたかった。彼はふと一策を思い付いた。それは、彼が 自ら選ぶことなくして[1]、最 も優秀 な乾児を選び得る方法だった。

「お前達のように、そうザワザワ騒いでいては、何時が来たって、果てしがありゃしない。俺一人を手離すのが不安心だと言うのなら、お前達の 間 で入れ札をしてみては、どうだい。札数の多い者から、三人だけ連れて行こうじゃないか。こりゃ一番、怨みっこがなくって、いいだろうぜ。」

忠次の言葉が終わるか終わらないかに、「そいつは思い付

"你说啥呢，愿为大哥去死的可不只你一个哦。少废话！"

　　被大家这么一说，忍松没了词儿，有点不好意思地挠挠头。

　　不知不觉一个时辰快过去了，从日光山那边升起的太阳已经爬得老高了。忠次默默地听着大家讨论，心想：若要带上两三人走，还是得亲自挑选可靠的人，不想用抽签。这时，他忽然心生一计——既不必自己出面，又能挑出最优秀的人选。

　　"你们这样瞎闹腾，啥时候才能定下来！既然大家不放心我自己上路，那咱就来投票吧。得票最多的三个人跟我走，这样最好，谁都没有二话。怎样？"

　　忠次话音刚落，喜藏便表示赞同："好办法！"

①「～ことなくして」：相当于「～ないで」。

きだ。」乾児のうちで一番人望のある喜蔵が賛成した。

「そいつは趣向だ。」浅太郎もすぐ賛成した。

心のうちで、籤引きを望んでいる者も数人あった。が、忠次の、怨みっこのないように、しかも役に立つ乾児を、選ぼうという腹が分かると、みんなは異議なく入れ札に賛成した。

喜蔵が矢立てを持っていた。忠次が懐から、半紙を取り出した。それを喜蔵が受け取ると、長脇差を抜いて、手際よく①それを小さく切り分けた。そうして、一片ずつみんなに配った。

さっきからの経路を、一番厭な心で見ていたのは九郎助だった。彼は年輩からいっても、忠次の身内では、第一の兄分でなければならなかった。が、忠次からも、乾児からも、そのようには扱われていなかった。去年、大前田の一家とちょっとした出入り②のあった時、彼は喧嘩場から、不覚にも大前田の身内の者に、引っ担がれた。それ以来、彼は多年培っていた自分の声望がめっきり落ちたのを知った。自分からいえば、遙かに後輩の浅太郎や喜蔵にだんだん凌がれて来たことを、感じていた。そればかりでなく、十年前までは、兄弟同様に賭場から賭場を、一緒に漂浪して歩いた忠次までが、いつと

他在众弟兄中威信最高。

浅太郎也立刻赞成："这主意不错!"

虽然有人内心希望抽签,但大家都明白忠次的心思:
既不伤和气,又能选出最能干的人。于是大家一致赞同
投票决定。

喜藏随身带着笔墨盒。他接过忠次掏出的白纸,拔
出腰刀,干净利落地把纸裁开,给每个人分发了一小张。

这番经过,九郎助看在眼里,心里却十分不痛快。从
辈分上来说,他是忠次手下所有弟兄中最年长的,可是无
论是忠次还是其他弟兄都没把他当大哥看。事出有因:
去年在与大前田帮的那场混战中,九郎助一不留神竟被
对方的人一下扛了起来——从那之后他的威望一落千
丈,大有被浅太郎和喜藏等后起之秀超越之势。不仅如
此,连十多年来如亲兄弟一般一起闯荡赌场的忠次也

---

①「手際よく」:麻利,妥善。
②「出入り」:此处指纠纷、打群架。

なく、自分を軽んじていることを知った。皆は表面こそ「阿兄! 阿兄!」と立てているものの、心のうちでは、自分を重んじていないことが、ありありと感じられた。

　入れ札という声を聞いたとき、九郎助は悪いことになったなあと思った。今まで、表面だけはともかくも保って来た自分の位置が、露骨に崩されるのだと思うと、彼は厭な気がした。十一人いる乾児の中で自分に入れてくれそうな人間を考えてみた。が、それは弥助の他には思い当らなかった。弥助も九郎助と同様に、古い顔であって、後輩の浅太郎や、喜蔵などが、グングン頭を擡げて来る①のを、常から快からず思っているから、こうした場合には、きっと自分に入れてくれるだろうと思った。が、弥助だけは自分に入れてくれるとしても、弥助の一枚だけで、三人の中に入ることは考えられなかった。浅太郎には四枚入るだろうと思った。喜蔵に三枚入るとして、十一枚の中、後へ四枚残る。その中、自分の一枚を除けると三枚残る。もし、その中、二枚が、自分に入れられていれば、三人の中に加わることはできるかもしれないと思った。が、弥助の他に、自分に入れてくれそうな人は、どう考

渐渐有些轻视自己。他心里很清楚：大家表面上喊自己
"大哥大哥"，其实内心根本没把自己当一回事。

　　因此，当听到要投票时，九郎助便知不妙。他心想：
平时好歹在表面上还能保住自己位置，这次恐怕要败露
无遗。在十一个人中，可能会给自己投票的想来想去也
只有弥助了。弥助和九郎助一样辈分比较老，却被浅太
郎、喜藏等后来居上，常感郁闷。在今天这种情况下，定
会投自己一票吧。可是，就算弥助投给自己，光靠这一票
自己还是没法跻身前三呀。浅太郎应该会有四票，喜藏
有三票，总共十一个人，还有另外四票，除自己外还剩三
票——如果其中有两票投给自己，也许就能胜出。可是，
除了弥助外，再也想不出第二个会给自己投票的了。

①「頭を擡げる」：开始抬头，崭露头角。

えても当てがなかった①。ひょっとしたら②、才助がとも思っ
た。あの男の若い時には、かなり世話を焼いて③やった覚え
がある。が、それは六、七年も前のことで、今では「浅阿兄、
浅阿兄」と、浅にばかり付いている。そう思うと、弥助の入れ
てくれる一枚の他には、今一枚を得る当ては、どうにもつか
なかった。乾児の中で年頭でもあり、一番兄分でもある自
分が、入れ札に落ちることは――自分の信望が少しもないこと
がまざまざと表れることは、もう既定の事実のように、九郎助に
は思われた。不愉快な寂しい感じに堪えられなくなって来た。

　一本しかない矢立ての筆は、次から次へと回って来た。

「おい! 阿兄! 筆をやろう。」

　ぼんやり考えていた九郎助の肩を、つつきながら横にいた
弥助が、筆を渡してくれた。弥助は筆を渡すときに、九郎助
の顔を見ながら、意味ありげに④、ニヤリと笑った。それは、た
しかに好意のある微笑だった。「お前を入れたぜ。」と言うよ
うな、意味を持った微笑であるように九郎助は思った。そう
思うと、九郎助は後のもう一枚が、どうしても欲しくなった。
後の一枚が、自分の生死の境、栄辱の境であるように思

——说不定才助会？他年轻时我可没少关照他呀。可那
毕竟是六七年前的事了，现在嘛，只知道整天跟浅太郎后
面"浅哥、浅哥"地叫。这么算下来，除了弥助这一票外，
实在没别的指望了。自己是弟兄里头最年长的，辈分也
最高，一旦落选，就意味着自己威信扫地，表露无遗——
恐怕这已经是板上钉钉了吧。九郎助这么一想，闷闷不
乐，一阵孤独感油然而生。

　　仅有的一支笔依次传了过来。

　　"喂，大哥，给你笔！"

　　九郎助正想得出神，身旁的弥助捅了一下他肩膀，递
过笔来。递笔时弥助冲他意味深长地笑了笑——在九郎
助看来，这显然是善意的微笑，仿佛在对自己说"我投了
你哦"。这么一来，九郎助就更想再多争取一张选票
了——这一票关系到自己的生死荣辱。

----

①「当てがない」：没有指望。
②「ひょっとしたら」：也许，说不定。
③「世話を焼く」：照顾，帮助。
④「意味ありげ」：意味深长地。

われた。忠次について行ったところで、自分の身に、いい芽が出よう①とは思われなかったが、入れ札に漏れて、年甲斐もなく②置き捨てにされることがどうしても堪らなかった。浅太郎や喜蔵の人望が、自分の上にあることが、マザマザと分かることが、どうしても堪らなかった。

彼は、筆を持ってぼんやり考えた。

「おい! 阿兄! 早く回してくれな!」

横に座っている浅太郎が、彼に言った。阿兄! と言いながらも、語調だけは、目下を叱っているような口調だった。九郎助は、毎度のことながらむっとした。途端に、相手に対する烈しい競争心が——嫉妬がムラムラと彼の心に渦巻いた。

筆を持っている手が、少しブルブル震えた。彼は、紙を身体で覆い隠すようにしながら、仮名で「くろすけ」と書いた。

書いてしまうと、彼はその小さい紙切れをくるくると丸めて、真ん中に置いてある空になった割籠の中に入れた。が、入れた瞬間に、苦い悔悟が胸の中にすぐ起こった。

「賭博は打っても、卑怯なことはするな。男らしくないことはするな。」

口癖のように、怒鳴る忠次の声が、耳のそばで、ガンガン鳴

虽然明知道即便跟随忠次去闯荡，自己也不会有出头之日，可自己身为兄长，要是落选了，情何以堪！要公开承认浅太郎和喜藏的威望在我之上，情何以堪！

他拿着笔，想得发愣。

"喂，大哥，快把笔传过来！"坐在旁边的浅太郎对他说道。叫是叫"大哥"，然而那口气却像使唤下人似的。九郎助每次听了都很恼火。忽然间，一种强烈的竞争意识、嫉妒心涌上心头。

拿笔的手有点颤抖。他用身体挡住别人视线，在纸上用假名写下"九郎助"几个字。

写完，他把小纸片揉成一团，扔进中间的空篓子里。这一瞬间，他心里却立刻后悔了。

"即便是赌钱，也别干卑鄙无耻的事！得像个男子汉！"

忠次这句像口头禅一样挂嘴边的话仿佛又萦绕在耳边，嗡嗡作响。

①「芽が出る」：出人头地。
②「年甲斐もない」：言行举止与年龄不符。

りひびくような気がした①。彼は皆が自分の顔を、ジロジロ見ているような気がして、どうしても顔を上げることができなかった。

皆が、札を入れてしまうと、忠次が、

「喜蔵！お前読み上げてみな！②」と言った。

皆は、緊張のために、目を輝かした。過半数のものは諦めていたが、それでもめいめい、自惚れは持っていた。壺皿を見詰めるような目付きで、喜蔵の手元を睨んでいた。

「あさ、ああ浅太郎のことだな、浅太郎一枚！」

そう叫んで喜蔵は、一枚、札を別に置いた。

「浅太郎二枚！」彼は続いてそう叫んだ。

また、浅太郎が出たのである。浅太郎が、この二、三年忠次の信任を得て、影の形に付き従うように、忠次が彼を身辺から放さなかったことは、乾児の者が皆よく知っていた。浅太郎の声がつづくと、忠次の浅黒い顔に、ニッと微笑が浮かんだ。

「喜蔵が一枚！」

喜蔵は、自分の名が出たのを、嬉しそうに、ニコリと笑いながら叫んで、

他不敢抬起头,觉得似乎大家都盯着自己。

大家投完后,忠次说:"喜藏,你来唱票!"

大家都很紧张,眼里放光。一多半人觉得希望不大,可难免还是会带点奢望,盯着喜藏的手,像是盯着骰盅似的。

"浅。啊,是浅太郎啦。浅太郎一票!"

喜藏念完,便把这张票另外放开。

"浅太郎两票!"他接着念。

又是浅太郎。大家都知道,这两三年来浅太郎深得忠次信任,形影不离地跟随左右,忠次是一定会把他留下的。听到浅太郎连得两票,忠次黝黑的脸上浮现出一丝微笑。

"喜藏一票!"

喜藏念到自己名字,喜上眉梢。

①「～ような気がする」:觉得似乎……
②「～な」:前接动词连用形,表示命令,可看作「～なさい」的省略。

「嘘じゃないぞ！」と、付け足しながら、その紙を右の手で高く上げて差し示した。

「その次がまた、喜蔵だ！」

喜蔵は得意げに、また紙札を高く差し上げた。

「嘉助が一枚！」

第三の名前が出た。忠次は、心の中で、密かに選んでいる三人が、入れ札の表に現れて来るのが、嬉しかった。乾児達が自分の心持ちを、察していてくれるのが嬉しかった。

「何だ！くろすけ。九郎助だな。九郎助が一枚！」

喜蔵は、声高く叫んだ。九郎助は、顔から火が出るように思った。生れて初めて感じるような羞恥と、不安と、悔恨とで、胸のうちが掻きむしられるようだ。自分の手跡を、喜蔵が見覚えては、いはしないか①と思うと、九郎助は立っても座ってもいられない②ような気持ちだった。が、喜蔵は九郎助の札には、こだわっていなかった。

「浅が三枚だ！その次は、喜蔵が三枚だ！」

喜蔵は大声に叫びつづけた。札が次々に読み上げられて、喜蔵の手にたった一枚残ったとき、浅が四枚で、喜蔵が四枚だった。嘉助と九郎助とが、各自一枚ずつだった。

又补了一句"我可没骗人噢!"右手高举起那张纸片给大家看。

"下一个,又是喜藏!"

喜藏得意洋洋地又把票高高举起。

"嘉助一票!"

第三个名字也出现了。忠次见心目中的三个人选都有人投,心下大喜——手下弟兄都明白自己的心思呵。

"这啥,九郎助? 九郎助一票!"

喜藏高声念道。九郎助觉得脸烫得跟火烧似的,心里七上八下,仿佛从未感到过这么羞愧、不安和懊悔。他有点坐立不安了,担心喜藏认出自己字迹。喜藏却没起疑,继续往下高声唱票。

"浅太郎三票! 下一个,喜藏三票!"

票接二连三地快念完了,喜藏手里还剩最后一张时,浅太郎得四票,喜藏得四票,嘉助和九郎助各得一票。

① 「見覚えては、いはしないか」: 是「見覚えていないか」的强
   调形。
② 「立っても座ってもいられない」: 坐立不安。

　九郎助は、心のうちで懸命に弥助の札が出るのを待っていた。弥助の札が出ないことはないと思っていた。もう一枚さえ出れば、自分が、三人の中に入るのだと思っていた。

　が、最後の札は、彼の切ない期待を裏切って、嘉助に投じられた札だった。

　「さあ! みんな聞いてくれ! 浅と喜蔵とが四枚だ。嘉助が二枚だ。九郎助が一枚だ。疑わしいと思う奴は、自分で調べて見るといいや。」喜蔵は最後の決定を伝えながら、一座を見回した。

　誰も調べて見ようとはしなかった。誰よりも先に、九郎助はほっと安心した。

　忠次は自分の思い通りの人間に、札が落ちたのを見ると満足して、切り株から、立ち上がった。

　「じゃ、みんな腑に落ちた①んだな。それじゃ、浅と喜蔵と嘉助とを連れて行こう。九郎助は、一枚入っているから連れて行きたいが、最初言った言葉を変改することもできないから、勘弁しな。さあ、さっきからえらく手間を取った②。じゃ、みんな金を分けてめいめいに志すところへ行ってくれ。」

九郎助心里焦急地等待弥助投给自己的票。他心想：弥助不可能不投给自己，只要再得一票，自己就能入选了。

可是，他的期望落空了，最后一票是投给嘉助的。

"嘿，大家听好了！浅太郎和喜藏各四票，嘉助两票，九郎助一票。有谁怀疑的，自己来看。"喜藏宣布完最后结果，环视众人。

并没有谁起疑心要查票的。九郎助首先松了一口气。

忠次见投票结果正中下怀，十分满意，从树桩上站起来，说道：

"这样，大家都心服口服了吧。阿浅、喜藏、嘉助你们三人跟我走。九郎助得了一票，本想也带上你的，不过咱有言在先，不能改。抱歉了！刚才耽搁这么久，也该走啦。分了钱各奔前程去吧！"

①「腑に落ちる」：理解，接受。
②「手間を取る」：费时间，费工夫。

　乾児の者は、忠次が出してあったうちから、めいめいに十
二両ずつを分けて取った。

　「じゃ、俺達は一足先に行くぜ。」忠次は選ばれた三人を、
差し招くと、みんなに最後の会釈をしながら、頂上の方へ
ぐんぐんと上りかけた。

　「親分、ご機嫌よう①。ご機嫌よう。」

　去って行く忠次の後から、乾児達は口々に呼びかけた。

　忠次は、振り向きながら、時々、被っている菅笠を取って振
った。その長身の身体は、山の中腹を覆っている小松林
の中に、しばらくの間は見え隠れしていた。

　取り残された乾児達の顔には、それぞれ失望の影があった。

　「浅達が付いていれば、大した間違いはありゃしない!」

　口々に同じようなことを言った。が、やっぱり、めいめい自
分が入れ札に漏れた淋しさを持っていた。

　が、忠次達の姿が見えなくなると、四、五人は諦めたよう
に、草津の方へ落ちて行った。

　九郎助は、忠次と別れるとき、目礼したままじっと考えて
いた。落選した失望よりも、自分の浅ましさが、ヒシヒシ骨

　　大家从忠次的包裹里各自取了十二两银子。

　　"那我们几个就先走啦。"忠次招呼了三人,和大家最后点头道别,然后便大步流星地往山顶走去。

　　"大哥,多保重!保重!"

　　大家纷纷喊着,目送几人离去。

　　忠次不时回过头,摘下斗笠朝大家挥动。他那魁梧的身材在山腰的小松林间时隐时现。

　　剩下的几个人脸上写满了失落。

　　"有阿浅他们在,大哥不会有事的!"

　　大家嘴上这么说着,可是一想到自己落选,心里又难免有几分落寞。

　　见忠次等人的身影完全消失后,其中四五人这才死心了似的投奔草津方向而去。

　　九郎助刚才只是用眼神与忠次道别,他陷入了沉思。比起落选的失望,他对自己的卑鄙行径更深感不安。

---

①「ご機嫌よう」:再会,保重。

身にこたえた①。札が、二、三人に集まっているところを見る
と、みんな親分のために計って、浅や喜蔵に入れたのだ。親分
の心を汲んで、浅や喜蔵を選んだのだ。そう思うと、自分の
名を書いた卑しさが、いよいよ堪えられなかった。

　九郎助の顔は、凄いほどに蒼かった。彼は仲間の誰とも顔
を合せているのが厭だった。草津へ行った連中とは、反対に
榛名の西南の麓を目ざして②、ぐんぐん山を降りかけた。

　彼が、二、三町も来たときだった。後から声をかけるもの
があった。

「おい阿兄! 阿兄!」

　彼は、立ち止まって振り返った。見ると、弥助が、息を切らし
ながら、追いかけて来たのであった。彼は弥助の顔を見たとき
に、烈しい憎悪が、胸のうちに湧いた。大切な場合に自分を
裏切っていながらまだ身の振り方をでも相談しようとするら
しい相手の、図々しい態度を見ると、彼はその得手勝手が、叩
き切ってやりたいほど、癪に障った③。

「俺、よっぽど草津から越後へ出ようと思ったが、よく考え
てみると、熊谷在に叔父がいるのだ、少しは、熊谷は危険かも
しれないが、故郷へ帰る足溜りには持って来い④だ。それで

选票集中在那两三人,可见大家都为忠次大哥着想,才投了浅太郎和喜藏。大家都能体察到大哥心思,才投了浅太郎和喜藏。相比之下,投票给自己这种行径就更显得卑鄙不堪了。

九郎助的脸色苍白得骇人。他不想碰见其他同伴,于是便朝榛名山西南方向快步下山去——这和刚才去草津的人是相反方向。

约摸走了两三百米时,从后面传来喊声:

"嘿,大哥! 大哥!"

他停下脚步回头一看,见弥助正气喘吁吁地从后头追上来。看见弥助,一股强烈的憎恨涌上心头。在关键时刻背叛自己,现在却还有脸来跟我商量什么大计,这种厚颜无耻的小人真可恶,真想给他一刀。

"我本来打算从草津去越后的,后来一想,我有个叔叔在熊谷那边。虽然熊谷可能有点危险,不过倒是个不错的落脚处,到时就能从那儿回老家啦。

①「身にこたえる」:受到刺激,触动。
②「〜を目ざして」:以……为目标,向着……
③「癪に障る」:触怒,令人生气。
④「持って来い」:最合适的,最理想的。

俺も武州の方へ出るから、途中まで付き合ってくれないか。」

　九郎助は、返事をすることさえ厭だった。黙ってすたこら歩いていた。

　弥助は、九郎助が機嫌が悪いのを知ると、傍へ寄った。

　「俺は、今日の入れ札には、最初から厭だった。親分も親分だ！餓鬼の時から一緒に育ったお前を連れて行くと言わない法はない。浅や喜蔵は、いくら腕っ節や、才覚があっても、いわば、お前に比べればほんの小僧っ子だ。たとい、入れ札にするにしたところが①、野郎達が、お前を入れないということはありゃしない。十一人の中でお前の名を書いたのは、この弥助一人だと思うと、俺はあいつらの心根が、まったくわからないや。」

　黙って聞いた九郎助は、火のようなものが、身体の周囲に、閃いたような気がした。

　「この野郎！」そう思いながら、脇差の柄を、左の手で、グッと握りしめた。もう、一言言って見ろ、抜き打ちに斬ってやろうと思った。

　が、九郎助が火のように、怒っていよう②とは夢にも知らない弥助は、平気な顔をして寄り添って歩いていた。

所以我现在也是往武州方向去,刚好同路,一起走吧。"

　　九郎助懒得搭理他,默默地快步前行。

　　弥助知道九郎助心里不痛快,便凑上前来,说道:

　　"今天投票,我从一开始就很反感。大哥也真是的!你俩从小一起长大,现在他竟然扔下你,真是岂有此理。阿浅和喜藏再怎么有力气、有才干,比起你来,不过是小毛孩儿罢了。就算要投票,那帮家伙凭什么不投你呢。可是最后十一个人里竟然只有我投了你一票,真搞不懂他们想啥。"

　　九郎助默默地听着,渐觉得全身冒火。他左手握紧了刀柄,心想:这个混蛋,敢再说一句,看我不一刀把你给劈了!

　　然而,弥助还是若无其事地与九郎助并肩而行,他一点也不知道对方此时正怒火心中烧。

---

①「～ところが」:前接动词过去式,表示转折关系。
②「怒っていよう」:相当于「怒っているだろう」。

柄を握りしめている九郎助の手が、だんだん緩んで来た。考えてみると、弥助の嘘を咎めるのには、自分の恥ずかしさを打ち明けねばならない①。

その上、自分に大嘘を吐いている弥助でさえ、自分があんな卑しいことをしたのだとは、夢にも思っていなければこそ②、こんな白々しい嘘を吐くのだと思うと、九郎助は自分で自分が情けなくなって来た。口先だけの嘘を平気で言う弥助でさえが考え付かないほど、自分は卑しいのだと思うと、頭の上に輝いている晩春のお天道様が、一時に暗くなるような味気なさを味わった。

山の多い上州の空は、いっぱいに晴れていた。峰から峰へ渡る幾百羽という小鳥の群が、黄色い翼を閃かしながら、九郎助の頭の上を、朗らかに鳴きながら通っている。行く手には榛名が、空を区切って蒼々と聳えていた。

　　九郎助的手渐渐松开了刀柄。心想：要斥责弥助扯
谎，就等于让我自暴其丑啊。而且，弥助之所以敢这么睁
着眼睛说瞎话，就是因为他做梦也没想到我会投自己一
票——九郎助越发觉得无地自容了。连弥助这种满口谎
言的小人都没有料到自己如此卑鄙……他忽然心灰意
冷，仿佛连头顶那灿烂的暮春阳光也霎时黯淡下来。

　　山城上州的天空一片晴朗，山峰之间有数百只小鸟
成群飞舞，拍打着金黄色的翅膀飞过九郎助头顶，欢快地
鸣叫。前方是榛名山，高耸入云，郁郁葱葱。

- -

①「～ねばならない」：前接动词未然形，意同「～なければなら
　ない」。
②「～ばこそ」：正因为……

父帰る ①
（ちちかえ）

人物（じんぶつ）

　黒田賢一郎（くろだけんいちろう）　　　　　二十八歳（にじゅうはちさい）

　その弟（おとうと）　新二郎（しんじろう）　　二十三歳（にじゅうさんさい）

　その妹（いもうと）　おたね　　　　　　二十歳（はたち）

　彼らの母（かれ　はは）　おたか　　　　　　五十一歳（ごじゅういっさい）

　彼らの父（かれ　ちち）　宗太郎（そうたろう）

時（とき）

　明治四十年頃（めいじ　よんじゅうねんごろ）

所（ところ）

　南海道の海岸にある小都会（なんかいどう　かいがん　しょうとかい）

情景（じょうけい）

　　中流階級（ちゅうりゅうかいきゅう）のつつましやかな家（いえ）、六畳 ②（ろくじょう）の間（ま）、正面（しょうめん）に箪笥（たんす）があって、その上（うえ）に目覚時計（めざましどけい）が置（お）いてある。前（まえ）に長火鉢（ながひばち）があり、薬缶（やかん）から湯気（ゆげ）が立（た）っている。卓袱台（ちゃぶだい）が出（だ）してある。賢一（けんいち）

父 归

人物

黑田贤一郎		二十八岁
贤一郎之弟	新二郎	二十三岁
贤一郎之妹	阿种	二十岁
母亲	阿孝	五十一岁
父亲	宗太郎	

时间

明治四十年前后

地点

南海道沿岸一个小城市

场景

一个俭朴的中等家庭。六张铺席的房间,正面有一衣橱,上面摆着闹钟。前面有一个长方形火盆,水壶正往外冒热气。房中摆着一张小饭桌。

---

① 本篇原文字数约为 7 400 字,改写后字数约为 7 400 字。

② 「畳」:日式铺席,每张的尺寸规格大约是 186 公分×93 公分。

郎は役所から帰って和服に着替えたばかり①と見え、寛いで新聞を読んでいる。母のおたかが縫物をしている。午後七時に近く、外は暗い。十月の初め。

賢一郎　お母さん、おたねはどこへ行ったの。

母　　　仕立物を届けに行った。

賢一郎　まだ仕立物をしているの。もう人の家の仕事なんか、しなくてもいいのに。

母　　　そうだけど嫁入りの時に、一枚でも余計いい着物を持って行きたいのだろうわい。

賢一郎　（新聞の裏を返しながら）この間言っていた口②はどうなったの。

母　　　たねが、ちょっと相手が気に入らないのだろうわい。向こうはくれくれ言ってせがんでいたんだけれどもなあ。

賢一郎　財産があるという人だから、いい口だがなあ。

母　　　けれど、一万や、二万の財産は使い出したら何の役にも立たないからな。家でもお母さんが来た時には公債や地所で、二、三万円はあったんだけど、お父さんが道楽して使い出したら、笹につけて振るようだ③。

贤一郎似刚下班回来，换上和服，悠闲地看报纸。母亲阿
孝正在做针线活。这是十月初的一个下午，将近七点，天
色已晚。

贤一郎　　妈，阿种上哪儿去啦？

母　　亲　　给人家送衣服去了。

贤一郎　　她还在做衣服呀，别人家的活儿做这么多干
　　　　　　什么。

母　　亲　　那倒也是，不过女儿出嫁时，总想多带几件好
　　　　　　衣裳过去呵。

贤一郎　　(翻看着报纸)上次提的那桩亲事怎么样了？

母　　亲　　阿种好像不太喜欢吧，不过对方倒是再三央
　　　　　　求咱把阿种许配给他。

贤一郎　　听说他们家有钱，挺好的一门亲事嘛。

母　　亲　　不过一两万元要是乱花起来也不顶啥用的。
　　　　　　咱家也是，我刚过门时，算上债券、地皮有两
　　　　　　三万呢，你爸吃喝玩乐，还不是一下就把钱花
　　　　　　个精光。

①「～ばかり」：前接动词过去式，表示刚做完某动作。
②「口」：此处指提亲的人家。
③「笹につけて振るようだ」：转眼间挥霍一空。

賢一郎　（不快なる記憶を呼び起こしたように黙してい
　　　　る）……。

母　　　私は自分で懲々しているから、たねは財産よりも
　　　　人間のいい方へやろうと思っている。財産がなくて
　　　　も、亭主の心掛けがよかったら一生苦労しなくて
　　　　も済むからな。

賢一郎　財産があって、人間がよければ、なおいいでしょう。

母　　　そんなことが望めるもんか①。おたねがいくら器量
　　　　よしでも、家には金がないんだからな。この頃のこ
　　　　とだから、少し支度をしても三百円や五百円はす
　　　　ぐかかるからなあ。

賢一郎　おたねも、お父さんのために子供の時ずいぶん苦労を
　　　　したんだから、嫁入りの支度だけでもできるだけのこ
　　　　とはしてやらなければな。私たちの貯金が千円に
　　　　なったら半分はあれにやってもいい。

母　　　そんなにしなくても、三百円かけてやったらいい。
　　　　その後でお前にも嫁をもらったらわしも一安心する
　　　　んだ。わしは亭主運が悪かったけど子供運はいいっ
　　　　て皆言っててくれる。お父さんに行かれた②時はど

贤一郎　　（似乎唤起了不愉快的回忆，没有作声）……

母　亲　　我自己吃够了苦头，所以一心想为阿种找个
　　　　　好人家，有没钱倒在其次。就算没钱，只要人
　　　　　好，阿种跟着他一辈子就不用受罪了。

贤一郎　　要是既有钱，人品又好，这样岂不更好？

母　亲　　咱哪敢指望呀。阿种虽然模样俊，但咱家没
　　　　　钱呀。现在单单准备一下嫁妆也得花个三五
　　　　　百元的吧。

贤一郎　　因为咱爸的缘故，阿种从小吃了不少苦，现在
　　　　　要出嫁了，至少嫁妆得尽量做得漂漂亮亮的。
　　　　　等咱的存款凑到一千元，就拿出一半来给她
　　　　　做嫁妆。

母　亲　　不用这么多，拿三百元就够了。接下来你也
　　　　　娶个媳妇，这样我就没什么牵挂了。别人都
　　　　　说我虽然没有嫁上个好丈夫，孩子却个个有
　　　　　出息。你爸当年撇下咱出走时，

---

① 「もんか」：是「ものか」的口语形，表示反问。
② 「行かれる」：此处用「行く」的被动态，表示因其出走而受到
　　损害。

うしようと思ったがなあ……。

賢一郎　(話題を転じるために)新は大分遅いな。

母　　　宿直だから、遅くなるんだ。新は今月からまた
　　　　月給が上がると言っていた。

賢一郎　そうですか。あいつは中学校でよくできたから、
　　　　小学校の先生なんか①するのは不満だろうけど、
　　　　自分で勉強さえしたらいくらでも出世はできるんだ
　　　　から。

母　　　お前の嫁も探してもらっているんだけど、いいのがな
　　　　くてなあ。園田の娘ならいいけど、少し向こうの方
　　　　が格式が上だからくれないかもしれないな。

賢一郎　まだ二、三年はいいでしょう。

母　　　でもおたねをほかへやるとすると、ぜひにももらわな
　　　　いかな。それで片が付く②んだから。お父さんが
　　　　出奔した時には三人の子供を抱えてどうしようと
　　　　思ったもんだ③が……。

賢一郎　もう昔のことを言っても仕方がないんだから。

　　　　(表の格子が開き、新二郎が帰ってくる。小学教師で
　　　眉目秀麗な青年だ。)

　　　　　　我真的不知怎么办好呢……

贤一郎　　(转换话题)阿新怎么这么晚还没回来。

母　亲　　阿新今天要值班,所以有点晚。他说这个月
　　　　　又会加工资呢。

贤一郎　　是吗。他读中学时成绩很好,可能觉得当小
　　　　　学老师有点委屈吧。不过只要他自己用功,
　　　　　一定可以出人头地的。

母　亲　　我托人去给你说媒了,不过还没找到称心的。
　　　　　园田家的姑娘不错,只是他家门第高,咱怕高
　　　　　攀不上。

贤一郎　　还是再等两三年吧。

母　亲　　阿种出嫁后,说什么也得给你娶亲了,也算了
　　　　　结一桩心事。你爸离开家时,我带着三个小
　　　　　孩,当时真不知道这日子怎么过……

贤一郎　　都过去的事了,还提它干啥。

　　(外面门打开,新二郎回来了。他长得眉清目秀,是
个小学教师。)

---

① 「～なんか」:意为"……之类",带有一种轻蔑语气。

② 「片が付く」:事情解决了,办妥了。

③ 「～もんだ」:是「～ものだ」的口语形,前接动词过去式,表示
　回忆。

新二郎　ただいま。

母　　　やあお帰り。

賢一郎　大変遅かったじゃないか。

新二郎　今日は調べものがたくさんあって、閉口して①しまっ
　　　　た。ああ肩が凝った。

母　　　さっきからご飯にしようと思って待っていたんだ。

賢一郎　ご飯が済んだら風呂へ行ってくるといい。

新二郎　(和服に着替えながら)お母さん、たねは。

母　　　仕立物を持って行っているんだ。

新二郎　(和服になって寛ぎながら)兄さん！今日僕は不思議
　　　　な噂を聞いたんですがね。杉田校長が古新町で、
　　　　家のお父さんによく似た人に会ったと言うんです
　　　　がね。

母と兄　うーむ。

新二郎　杉田さんが、古新町の旅館が並んでいる所を通っ
　　　　ていると、前に行く六十ばかりの老人がある。よく
　　　　見るとどうも見たようなことがあると思って、近づい
　　　　て横顔を見ると、家のお父さんに似ていたと言うん
　　　　です。どうも宗太郎さんらしい、宗太郎さんなら右の

父　归

新二郎　　我回来啦。

母　亲　　回来啦。

贤一郎　　怎么这么晚?

新二郎　　今天有很多资料要查,真受不了。做得肩膀
　　　　　都酸了。

母　亲　　我们正等你回来吃饭呢。

贤一郎　　吃完饭后可以去泡个澡。

新二郎　　(一边换和服)妈,阿种呢?

母　亲　　给人送衣服去了。

新二郎　　(换上和服,轻松地)哥,今天我听说了一个怪
　　　　　事——杉田校长说在古新街见到一个人很像
　　　　　咱爸。

母亲和贤一郎　嗯?

新二郎　　杉田说,他正路过古新街那一排旅馆时,见前
　　　　　面有个大约六十岁的老人,仔细一看,觉得有
　　　　　点面熟,走近去看他侧脸,很像咱爸。他说:
　　　　　"太像宗太郎啦。宗太郎的右边脸颊应该有
　　　　　一颗痣,

---

① 「閉口する」:受不了,吃不消。

頬にほくろがあるはずだから、ほくろがあったら声を
かけようと思って、近寄ろうとすると 水神廟 の
横町 へ、こそこそと 入ってしまったと言うんです。

母　杉田さんなら、お父さんの 幼 友達で、一緒に槍の稽
古をしていた人だから、見違えることもないだろう。
けどもうお前、二十年 にもなるんだからなあ。

新二郎　杉田さんもそう言っていたんです。何しろ 二十年 も
会わないのだから、しっかりしたことは言えないけど、
子供の時から付き合った宗太郎さんだから、まるきり
見違えたとも言えないって。

賢一郎　(不安な 瞳 を 輝 かして)じゃ、杉田さんは言葉をか
けなかったのだね。

新二郎　ほくろがあったら名乗るつもりでいた①のだって。

母　まあ、そりゃ杉田さんの見違いだろうな。同じ町へ
帰ったら自分の生まれた家に帰らないことはないか
らなあ。

賢一郎　しかし、お父さんは家の敷居②はちょっと越せないだ
ろう。

母　私 はもう死んだと思っているんだ。家出してから二

　　　　　　　如果有这颗痣，那我就要喊他啦。正想上前
　　　　　　　看清楚，可是那人却悄悄地拐进水神庙那条
　　　　　　　胡同去了。"

母　亲　　　杉田是你爸小时候的朋友，还一起练过枪，应
　　　　　　　该不会认错人吧。不过，走后也有二十年
　　　　　　　了呀。

新二郎　　　杉田也是这么说的。他说：毕竟二十年没
　　　　　　　见，不太敢确认，不过和宗太郎从小一起玩，
　　　　　　　定不会认错的。

贤一郎　　　（眼里闪现出一丝不安）那杉田没有跟那人打
　　　　　　　招呼吗？

新二郎　　　他说：要是看见那颗黑痣的话就打算上前相
　　　　　　　认的。

母　亲　　　嗯，大概是杉田认错人了吧。回到这条街上，
　　　　　　　哪有不回自己家里瞧瞧的。

贤一郎　　　可是，父亲可能觉得没脸进家门吧。

母　亲　　　我还以为他死了呢。离开家已经有二十年
　　　　　　　了呀。

①「～つもりでいる」：打算……
②「敷居」：门槛。

　　　　　十年になるんだか。

新二郎　いつか、岡山で会った人があると言うんでしょう。

母　　　あれも、もう十年も前のことだ。久保の忠太さん
　　　　が岡山へ行った時、家のお父さんが、獅子や虎の
　　　　動物を連れて興行していたとかで、忠太さんを料
　　　　理屋へ呼んでご馳走をして家の様子を聞いたんだっ
　　　　て。その時は金時計を帯に下げたり、絹物ずくめ①
　　　　でえらい勢いであったと言っていた。それからは何
　　　　の音沙汰もないんだ。あれは戦争②のあった明くる
　　　　年だから、もう十二、三年になるなあ。

新二郎　お父さんはなかなか変わっていたんだな。

母　　　若い時から家の学問③はしないで、山師のようなこ
　　　　とが好きであったんだ。あんなに借金ができたのも
　　　　道楽ばっかりではないんだ。支那へ千金丹を売り出
　　　　すとか言って損をしたんだ。

賢一郎　(やや不快な表情をして)お母さん、ご飯を食べま
　　　　しょう。

母　　　ああそうだそうだ。つい忘れていた。(台所の方へ
　　　　立って行く、姿は見えずに)杉田さんが見たと言うの

新二郎　　听说有人在冈山见过他吧。

母　亲　　那已经是十年前啦。久保家的忠太去冈山时
　　　　　碰见你爸，那时他正带着狮子、老虎进行马戏
　　　　　表演，见到忠太就请他去店里吃了一顿，还问
　　　　　咱家里的情况。忠太说，那时见他腰带上挂
　　　　　一金表，浑身上下穿着绸缎，很有派头。那之
　　　　　后就音讯全无了。那次是打仗的第二年，离
　　　　　现在有十二三年了吧。

新二郎　　父亲也真是个怪人呀。

母　亲　　他年轻时起就不好儒学，倒喜欢投资做买卖。
　　　　　他欠下那么多债也不光是吃喝玩乐花的，说
　　　　　是到中国去卖千金丹，结果亏了本。

贤一郎　　（有点不高兴的样子）妈，吃饭吧。

母　亲　　哎呀，都忘吃饭了。（走向厨房，身影消失）杉
　　　　　田可能是认错人了吧。

---

① 「～ずくめ」：净是……清一色的……
② 「戦争」：此处指中日甲午战争(1894—1895)。
③ 「家の学問」：指儒家学问。

も何かの間違いだろう。生きていたら年が年だか
ら、はがきの一本でもよこすだろう。

賢一郎　（やや真面目に）杉田さんがその男に会ったのはいつ
　　　　のことだ。

新二郎　昨日の晩の九時頃だということです。

賢一郎　どんな身なりをしていたんだ。

新二郎　あんまり、いいなりじゃないそうです。羽織も着てい
　　　　なかったということです。

賢一郎　そうか。

新二郎　兄さんが覚えているお父さんはどんな様子でした。

賢一郎　わしは覚えていない。

新二郎　そんなことはないでしょう。兄さんは八つであったん
　　　　だから。僕だってぼんやり覚えているのに。

賢一郎　わしは覚えていない。昔は覚えていたけど、
　　　　一生懸命に忘れようと、かかったから。

新二郎　杉田さんは、よくお父さんの話をしますぜ。お父さ
　　　　んは若い時は、いい男であったそうですな。

母　　　（台所から食事を運びながら）そうだ、お父さんは
　　　　評判のいい男であったんだ。お父さんが、大殿様

要是他还活着,也一把年纪了,总会寄张明信
片回来呀。

贤一郎　　(有点严肃地)杉田见到那人是什么时候?

新二郎　　昨晚九点左右。

贤一郎　　那人穿什么样的衣服?

新二郎　　听说衣着比较寒酸,连外褂也没穿。

贤一郎　　是吗。

新二郎　　哥,你还记得爸长什么模样吗?

贤一郎　　我不记得了。

新二郎　　不会吧,你那时都八岁了。连我都隐约记
得呀。

贤一郎　　我不记得了。以前是记得的,后来我拼命把
他忘掉了。

新二郎　　杉田常提起咱爸,说他年轻时是个帅小伙
子呢。

母　亲　　(从厨房端饭菜出来)是呀,你爸当年口碑很
不错的。

"父归"剧情の铜像

のお小姓をしていた時に、奥女中がお箸箱に恋歌
を添えて、送ってきたという話があるんだ。

新二郎　何のために、箸箱をくれたんだろう、ははははは。

母　　丑の年だから、今年は五十八だ。家にじっとしてい
れば、もう楽隠居をしている時分だがな。

（三人 食事にかかる）

母　　たねも、もう帰ってくるだろう。もうめっきり寒くな
ったな。

新二郎　お母さん、今日浄願寺の椋の木で百舌①が鳴いてい
ましたよ。もう秋だ。……兄さん、僕はやっぱり、英
語の検定をとることにしました。数学にはいい先
生がないから。

賢一郎　いいだろう。やはり、エレクソンさんのところへ通う
のか。

新二郎　そうしようと、思っているんです。宣教師だと月謝
がいらないし。

賢一郎　うむ、何しろ一生懸命にやるんだな、父親の力は
借りなくても一人前②の人間にはなれるということ
を知らせるために、勉強するんだな。わしも高等

　　　　　　　听说他在给大老爷当随从时，还有丫环把情
　　　　　　　诗藏在筷子匣里送给他呢。

新二郎　　　送筷子匣是为了什么呀，哈哈哈。

母　　亲　　他属牛，今年五十八岁。要是老老实实呆在
　　　　　　家里，现在也该好好享清福了吧。

（三人开始吃饭。）

母　　亲　　阿种也该回来了吧。天变冷了。

新二郎　　　妈，今天听到净愿寺那朴树上的百舌鸟叫呢。
　　　　　　秋天到啦。……哥，我打算还是考英语，数学
　　　　　　没什么好老师。

贤一郎　　　好呀，还是去艾力克逊先生那里补习吗。

新二郎　　　嗯，我是这么打算的。跟神父学的话，又不用
　　　　　　交学费。

贤一郎　　　嗯，总之你要努力呀。咱不靠父亲也能混出
　　　　　　个人样来，为了证明这一点，要好好学。

①「百舌」：一种候鸟，秋天啼叫，冬天南飞。
②「一人前」：成年人，够格的、能胜任的。

　　文官をやろうと思っていたけど、規則が改正になって、
中学を出ていなければ受けられないということになっ
た①から、諦めているんだ。お前は中学校を卒業
しているんだから、一生懸命やってくれないかな。
（この時、格子が開いて、おたねが帰ってくる。色白く十
人並以上の娘だ。）

おたね　ただいま。

母　　　遅かったなあ。

おたね　また次のものを頼まれたり、何かしていたもんだ
　　　　から。

母　　　さあご飯お食べ。

おたね　（座りながら、やや不安な表情で）兄さん、今帰って
　　　　くると、家の向こう側に年寄の人がいて家の玄関の
　　　　方をじっと見ているんだ。（三人とも不安な顔にな
　　　　る）

賢一郎　うーむ。

新二郎　どんな人だ。

おたね　暗くて、わからないんだけど、背の高い人だ。

新二郎　（立って次の間へ行き、窓から覗く）……。

　　　　　我本来也想考高等文官的,不过现在规定改
　　　　了,必须中学毕业才能考,所以才放弃了。你
　　　　既然中学毕业了,就要好好努力。
　　（这时,门打开,阿种回来了。她是个肤色白皙的漂
亮姑娘。）

阿　　种　　我回来啦。
母　　亲　　这么晚。
阿　　种　　他们又交代了些其他活计。
母　　亲　　快吃饭吧。
阿　　种　　（坐下,表情略显不安）哥,今天回来时,见到
　　　　　　对面有个老人一直盯着咱家门口看。（三人
　　　　　　都有点神色不安）
贤一郎　　　嗯?
新二郎　　　那人长什么样子?
阿　　种　　天黑,看不太清,个子挺高的。
新二郎　　　（站起,走到另一房间,从窗口往外看)……

①「ことになる」: 表示决定、规定。

賢一郎　誰かいるかい。

新二郎　いいや、誰もいない。

　（兄弟三人は沈黙している）

母　　　あの人が家を出たのは盆①の三日後であったんだ。

賢一郎　お母さん、昔のことはもう言わないようにしてくだ
　　　　さい。

母　　　わしも若い時は恨んでいたけど、年が寄る②となん
　　　　となく心が弱くなってきてな。

　（四人は黙って、食事をしている。ふいに表の戸がガラッ
と開く。賢一郎の顔と、母の顔とが最も多く激動を受け
る。しかしその激動の内容は著しく違っている）

男の声　ごめん!

おたね　はい!（しかし彼女も立ち上がろうとはしない）

男の声　おたかはいないのか?

母　　　へえ!（吸いつけられるように玄関へ行く。以下声
　　　　ばかり聞こえる）

男の声　おたかか!

母の声　まあ! お前さんか、えらく、変わったなあ。

贤一郎　　有人吗？
新二郎　　没人。

　　（兄妹三人都默不作声）

母　亲　　他是在盂兰盆节的三天以后离开家的。
贤一郎　　妈，过去的事情别再提了。
母　亲　　我年轻时也记恨过他，可是一上年纪，不知怎
　　　　　的心就软了。

　　（四人默默吃饭。忽然外面的门喀嚓一下打开了。
贤一郎和母亲的神情特别激动，但两人激动的内涵却显
然不一样。）

男人声音　打扰一下！
阿　种　　来啦！（可是她并没有起身）
男人声音　阿孝在家吗？
母　亲　　在！（像被那声音所吸引似的走向门口。以
　　　　　下只听见说话声。）
男人声音　是阿孝吗！
母亲声音　啊，是你，样子都变了呀。

----

①「盆」：指盂兰盆节，是一种祭祀祖先的佛教仪式，在阴历 7 月
　15 日前后举行。
②「年が寄る」：上了年纪。

　（二人とも　涙ぐんだ声を出している）

男の声　まあ！　達者で何より①だ。子供たちは大きくなった
　　　　だろうな。

母の声　大きくなったとも②、もう皆立派な大人だ。上がって
　　　　ごらんなさい。

男の声　上がってもいいかい。

母の声　いいとも。

　（二十年振りに帰れる父宗太郎は、憔悴した有様で老い
　た妻に導かれて室に入ってくる、新二郎とおたねとは目をし
　ばたたきながら、父の姿をしみじみ見つめていたが）

新二郎　お父さんですか、僕が新二郎です。

父　　　立派な男になったな、お前に別れた時はまだろく
　　　　に③立てもしなかったが……。

おたね　お父さん、私がたねです。

父　　　女の子ということは聞いていたが、いい器量だ
　　　　なあ。

母　　　まあ、お前さん、何から話していいか。子供もこんな
　　　　に大きくなって、何より結構だと思っているんだ。

（两人的声音都有些哽咽）

男人声音　哎呀，身体健康就好啊。孩子都长大了吧。

母亲声音　当然长大啦，大家都长大成人了，快进来看
　　　　　看吧。

男人声音　可以进去吗？

母亲声音　当然。

　　（时隔二十年，父亲宗太郎回到自己家，一脸憔悴，跟
着年老的妻子走进屋里。新二郎和阿种眨着眼睛，上下
打量父亲。）

新二郎　　是爸爸吗，我是新二郎。

父　　亲　长成小伙子啦，我走的时候你还站不稳呢。

阿　　种　爸，我是阿种。

父　　亲　我听说生了个女孩，没想到出落得这么漂
　　　　　亮啊。

母　　亲　哎，真不知从哪里说起呀。孩子都长大了，这
　　　　　就够啦。

　　　　　　　　　　　　　　　--------------------

①「何より」：比什么都好，再好不过。

②「～とも」：终助词，表示肯定语气，意为"当然，一定"。

③「ろくに」：与否定句搭配，表示"不能好好地……"。

父　　　親はなくとも子は育つというが、よくいってあるな、
　　　　ははははは。
　　　（しかし誰もその笑いに合わせようとするものはない。賢
一郎は卓に倚ったまま、下を向いて黙している）

母　　　お前さん、賢も新もよくできた子だな。賢は、二十
　　　　の年に普通文官というものが受かるし、新は
　　　　中学校へ行っていた時に三番と下がったことがな
　　　　いんだ。今では二人で六十円も取ってくれるし、お
　　　　たねはおたねで、こんな器量よしだから、いい所か
　　　　ら口がかかるし。

父　　　そりゃ何より結構なことだ。わしも、四、五年前まで
　　　　は、人の二、三十人も連れて、ずっと巡業して回っ
　　　　ていたんだけどな。呉で見世物小屋が丸焼けになっ
　　　　たために、えらい損害を受けてな。それからは何を
　　　　しても思わしくないわ。その内に老い先が短く①
　　　　なってくる、女房子のいる所が恋しくなってうかう
　　　　かと帰ってきたんだ。老い先の長いこともない者だ
　　　　から皆よく頼むぜ。（賢一郎を注視して）さあ賢一

父　亲　　俗话说得好：父母不在，子女照样成材。哈
　　　　　哈哈。

　　（可是谁都没有跟着笑。贤一郎靠在桌旁，低头
不语）

母　亲　　他爸，阿贤和阿新都很有出息啊。阿贤二十
　　　　　岁时考上了普通文官，阿新念中学时没有拉
　　　　　下过前三名。现在他俩能挣六十多元呢。阿
　　　　　种也是个好闺女，长得这么漂亮，也有人家来
　　　　　提亲了。

父　亲　　那太好啦。四五年前我还一直带着二三十人
　　　　　到处巡回演出的，后来在吴市时戏棚着火全
　　　　　被烧了，损失惨重啊。那之后做什么都不顺。
　　　　　现在老啦，挺想念家里的老婆孩子，不知怎的
　　　　　就转回家门口来了。我老啦，还要靠你们照
　　　　　顾的。（注视着贤一郎）喂，贤一郎，

①「老い先が短い」：风烛残年，老年晚景。

　　　　　　郎! その 杯 を一つさしてくれないか、お父さんも

　　　　　　近頃はいい酒も飲めないんだなあ。うん、お前だけ

　　　　　　は顔に見覚えがあるわ。(賢一郎は応ぜず)

母　　　　さあ、賢や、お父さんが、ああおっしゃるんだから。さ

　　　　　あ、久し振りに親子が会うんだから祝ってな。

　　(賢一郎は応ぜず)

父　　　　じゃ、新二郎、お前一つ、杯 をくれ。

新二郎　　はあ。(杯 を取り上げて父にさそうとする)

賢一郎　　(決然として)止めとけ①。さすわけはない。

母　　　　何を言うんだ、賢は。

　　(父親は、激しい目で賢一郎を睨んでいる。新二郎もおた

ねも下を向いて黙っている)

賢一郎　　(昂然と)僕たちに父親があるわけはない。そんなも

　　　　　のがあるもんか。

父　　　　(激しい憤怒を抑えながら)何だと!

賢一郎　　(やや冷やかに)俺たちに父親があれば、八歳の年に

　　　　　築港からお母さんに手を引かれて身投げをしなくて

　　　　　　　给我斟杯酒来！你爸最近也没好好喝两杯
　　　　　　　了。嗯,只有你还记得点模样。(贤一郎不
　　　　　　　搭理他)
母　亲　　　阿贤,听你爸的话,快去斟酒,父子重聚得好
　　　　　　　好庆贺一下。
　　　(贤一郎没有搭理)

父　亲　　　新二郎,那你给我倒杯酒来。
新二郎　　　哦。(拿起酒杯要往里倒酒)
贤一郎　　　(语气坚决地)别倒！我们凭什么给他倒酒。
母　亲　　　阿贤,你怎能这么说话。
　　　(父亲瞪着贤一郎,目光锐利。新二郎和阿种都低头
不语。)

贤一郎　　　(昂然地)我们没有父亲。我们怎会有父亲?
父　亲　　　(强压怒火)你说什么！
贤一郎　　　(冷冷地)我们如果有父亲,就不至于在我八
　　　　　　　岁那年被阿妈拉着一起去码头投河寻死。

①「止めとけ」:是「止めておけ」的口语缩略形。

も済んでいる。あの時お母さんが誤って水の浅い所へ飛び込んでいればこそ①、助かっているんだ。俺たちに父親があれば、十の年から給仕をしなくても済んでいる。俺たちは父親がないために、子供の時に何の楽しみもなしに暮らしてきたんだ。新二郎、お前は小学校の時に墨や紙を買えないで泣いていたのを忘れたのか。教科書さえ満足に買えないで、写本を持って行って友達にからかわれて泣いたのを忘れたのか。俺たちに父親があるもんか、あればあんな苦労はしていません。

（おたか、おたねは泣いている。新二郎は涙ぐんでいる。老いた父も怒りから悲しみに移りかけている）

新二郎　しかし、兄さん、お母さんが、第一ああ折れ合っているんだから、たいていのことは我慢してくれたらどうです。

賢一郎　（なお冷静に）お母さんは女子だからどう思っているか知らないが、俺に父親があるとしたら、それは俺の敵だ。俺たちが小さい時に、ひもじいことや辛いこ

当时只因阿妈误跳到水浅的地方,才被人救
了。如果有父亲,我就不用从十岁就开始给
人打工。正因为我们没有父亲,所以我们的
童年从不知道什么是快乐。新二郎,你念小
学时因买不起墨和纸而哭鼻子,你忘了吗?
因为买不起课本,你带手抄本去上学被同学
取笑,你还哭过,你忘了吗?我们怎么会有父
亲?有的话,就不用吃这么多苦了。

(母亲、阿种在抽泣。新二郎眼里含泪。老父亲也开
始转怒为悲。)

新二郎   可是,哥,既然阿妈都肯谅解他了,咱也就算
         啦,好不好?

贤一郎   (仍然很冷静地)阿妈是个妇道人家,她怎么
         想的我不知道。反正我这么认为:要是我有
         父亲,那他就是我的仇人。咱小时候受苦
         挨饿,

——————————————————————

① 「ばこそ」:正因为……

とがあって、お母さんに不平を言うと、お母さんは口癖のように「皆お父さんのせいだ、恨むのならお父さんを恨め」と言っていた。俺にお父さんがあるとしたら、それは俺を子供の時から苦しめ抜いた敵だ。俺は十の時から県庁の給仕をするし、お母さんはマッチを張るし、いつかもお母さんのマッチの仕事が一月ばかりなかった時に、親子四人で昼飯を抜いたのを忘れたのか。俺が一生懸命に勉強したのは皆その敵を取りたいからだ。俺たちを捨てて行った男を見返してやりたいからだ。父親に捨てられても一人前の人間にはなれるということを知らせてやりたいからだ。俺は父親から少しだって愛された覚えはない。俺の父親は俺が八歳になるまで家を外に①飲み歩いていたのだ。そのあげくに不義理な借金をこしらえて情婦を連れて出奔したのだ。女房と子供三人の愛を合わせても、その女に敵わなかったのだ。いや、俺の父親がいなくなった後には、お母さんが俺のために預けておいてくれた

向妈诉苦时,妈总会说:"都怪你爸,要怨就怨你爸吧。"要是我有父亲,那他就是让我从小吃尽苦头的仇人。我从十岁开始在县府里做勤杂工,阿妈帮人糊火柴盒,有时候碰上一整个月阿妈的活计没着落时,咱母子四人连午饭也没得吃,这些你都忘了吗?我之所以发奋学习,就是因为想要报仇,想要争口气给这个抛家弃子的人看看,我要让他知道:就算被父亲抛弃了,我一样能长大成人。在我记忆中,父亲从来没有爱过我。我八岁以前,父亲整天在外头喝酒,毫不顾家,结果欠下一屁股债,带上情妇一走了之。老婆和三个孩子的爱加起来还比不上那个女人。甚至,在他离家出走后,我们还发现,

①「家を外に」:丢下家里不管。

十六円 の貯金の 通帳 までなくなっていたもんだ。

新二郎　(涙 を呑みながら)しかし兄さん、お父さんはあの通

　　　　り、あの通りお年を召して①おられるんだから……。

賢一郎　新二郎！ お前はよくお父さんなどと 空々 しいことが

　　　　言えるな。見も知らぬ②他人がひょっくり入ってき

　　　　て、俺たちの親だと言ったからとて③、すぐに父に対

　　　　する 感情 を持つことができるんか。

新二郎　しかし兄さん、肉親の子として、親がどうあろうとも

　　　　養っていく……。

賢一郎　義務があるというのか。自分でさんざん 面白 いこと

　　　　をしておいて、年が寄って動けなくなったと言って帰

　　　　ってくる。俺はお前が何と言っても父親はない。

父　　　(憤然として物を言う、しかしそれは飾った怒りで何

　　　　の 力 も 伴 っていない)賢一郎！ お前は生みの親に

　　　　対してよくそんな口が利けるなあ。

賢一郎　生みの親というのですか。あなたが生んだという賢

　　　　一郎は二 十 年も前に築港で死んでいる。あなたは

　　　　二 十 年前に父としての権利を自分で捨てている。

阿妈为我们辛苦攒下的十六元存款的存折也不见了。

新二郎　　（忍住泪水）可是，哥，咱爸都这么，这么大年纪了……

贤一郎　　新二郎！亏你还虚情假意地管他叫爸！一个陌生人忽然闯进家里来，自称是我们父亲，难道马上就能对他产生父子感情吗？

新二郎　　可是，哥，不管怎么说，作为亲生儿女，总是要赡养父母的吧……

贤一郎　　你是说义务吗？自己只顾吃喝玩乐，等到年纪大了，动不了了才回来——我没有这样的父亲，不管你说什么。

父　亲　　（愤然开口，然而这种愤怒却显得虚弱无力）贤一郎！你怎么能这样对亲生父亲说话！

贤一郎　　亲生父亲？你的亲生儿子贤一郎在二十年前早已投河自尽。二十年前你就放弃了做父亲的权利。

---

① 「お年を召す」：是「年をとる」的尊敬语，意为"上了年纪"。
② 「見も知らぬ」：陌生的，从未见过面的。
③ 「～からとて」：虽说……但……相当于「～からといって」。

今のわしは自分で築き上げたわしだ。わしは誰にだって、世話になっていない。

（すべて無言、おたかとおたねのすすり泣きの声が聞こえるばかり）

父　　　いいわ、出ていく。俺だって二万や三万の金は取り扱ってきた男だ。どんなに落ちぶれたかといっても、食うくらい①のことはできるわ。えらく邪魔したな。（悄然と行こうとする）

新二郎　まあ、お待ちなさい。兄さんが厭だと言うのなら僕がどうにかして②あげます。兄さんだって親子ですから、今に機嫌の直ることがあるでしょう。お待ちなさい。僕がどんなことをしても養ってあげますから。

賢一郎　新二郎！ お前はその人になにか世話になったことがあるのか。俺はまだその人から拳骨の一つや二つはもらったことがあるが、お前は塵一つだってもらってはいないぞ。お前の小学校の月謝は誰が出したのだ。お前は誰の養育を受けたのだ。お前の学校の月謝は、兄さんがしがない給仕の月給から払っ

　　　　　　现在的我，是我自己造就出来的，我没有受过
　　　　　　任何人的照顾。
　　（大家都没说话，只能听见母亲和阿种的啜泣声。）

父　亲　　算了，我走。我可是个男子汉，想当年，两三
　　　　　万元不在话下。现在再怎么落魄，也能弄碗
　　　　　饭吃。打扰你们啦。（正要悄然离去）
新二郎　　喂，等一下。大哥不愿意的话，那我来想办法
　　　　　吧。他终归是你儿子，迟早会想通的。你先
　　　　　别走，我想办法赡养你。
贤一郎　　新二郎！那个人有照顾过你吗？我倒是挨过
　　　　　他一两拳头，你呢，可是什么都没得到过。你
　　　　　念小学的学费是谁给出的？是谁把你养大
　　　　　的？你的学费，是哥哥靠做卑微的勤杂工挣
　　　　　钱给你付的，

①「～くらい」：举例，表示程度很轻。
②「どうにかする」：想办法。相当于「なんとかする」。

　　　　　てやったのを忘れたのか。お前や、たねのほんとうの
　　　　　父親は俺だ。父親の役目をしたのは俺だ。その人
　　　　　を世話したければするがいい。その代わり兄さんは
　　　　　お前と口は利かない①ぞ。

新二郎　しかし……。

賢一郎　不服があれば、その人と一緒に出ていくがいい。

（女二人とも泣きつづけている。新二郎は黙する）

賢一郎　俺は父親がないために苦しんだから、弟や妹に
　　　　　その苦しみをさせまいと思って夜も寝ないで艱難し
　　　　　たから、弟も妹も中等学校は卒業させて
　　　　　ある。

父　　　（弱く）もう何も言うな。わしが帰って邪魔なんだろ
　　　　　う。わしだって無理に子供の厄介になら②なくてもい
　　　　　い。自分で養っていくぐらいの才覚はある。さあ
　　　　　もう行こう。おたか！ 丈夫で暮らせよ。お前はわし
　　　　　に捨てられてかえって幸せだな。

新二郎　（去ろうとする父を追って）あなたお金はあるのです
　　　　　か。晩のご飯もまだ食べていないんじゃありませ

　　　　　　你忘了吗？你和阿种的真正父亲,是我。在
　　　　　　家里尽到父亲职责的,是我。你想照顾那个
　　　　　　人就随你便,不过以后我不会再和你说话。
新二郎　　　可是……
贤一郎　　　不服气的话,就跟他一起出去。
　　　　（两个女人都哭个不停。新二郎不作声。）

贤一郎　　　因为没有父亲,我吃了很多苦。为了不让弟
　　　　　　弟妹妹也跟着受苦,我起早摸黑,含辛茹苦,
　　　　　　总算供他俩念完了中学。
父　亲　　　（低声地）别再说了。怕我回来会拖累你们
　　　　　　吧。其实我也没打算非得靠孩子照顾,我可
　　　　　　以养活自己的。我走啦。阿孝,多保重！没
　　　　　　有我,你反而能过得幸福啊。
新二郎　　　（追上要走的父亲）你带了钱吗？还没吃晚
　　　　　　饭吧？

① 「口を利く」：说话。
② 「厄介になる」：受别人照顾。

んか。

父　　　（哀願するがごとく瞳を光らせながら）いいわい
　　　　いわ。

　　（玄関に降りようとしてつまずいて、縁台の上に腰をつく）

母　　　あっ、あぶない。

新二郎　（父を抱き起こしながら）これから行く所があるので
　　　　すか。

父　　　（まったく悄沈として腰をかけた①まま）のたれ死に
　　　　するには家は要らないからなあ……（独言のごと
　　　　く）俺だってこの家に足踏みができる義理ではないん
　　　　だけど、年が寄って弱ってくると、故郷の方へ自然と
　　　　足が向いてな。この街へ帰ってから、今日で三日だが
　　　　な。夜になると毎晩家の前で立っていたんだが、敷
　　　　居が高くて②入れなかったのだ……しかしやっぱり
　　　　入らない方がよかった。一文なしで帰ってきては誰
　　　　にだってばかにされる③……俺も五十の声がかかる
　　　　と国が恋しくなって、せめて千と二千とまとまった金
　　　　を持って帰ってお前たちに詫をしようと思ったが、年
　　　　が寄るとそれだけの働きもできないんでな……（よ

父　亲　（眼光里似乎流露出哀求）唉，算了，算了。
　　　　（正要出门时绊了一跤，腰撞到长凳上）

母　亲　啊，小心！

新二郎　（抱起父亲）你现在有地方可去吗？

父　亲　（坐着不动，十分沮丧）路边等死之人，要什么
　　　　家呀……（自言自语似的）我自己也知道没脸
　　　　回这个家，可是年老体弱，自然就走回老家来
　　　　啦。回到这条街已经三天了。每天晚上我都
　　　　在家门口站着，又不好意思进门……看来还
　　　　是不要进来的好啊。一个穷光蛋跑回来，任
　　　　谁都会瞧不起……我年过五十就开始想念老
　　　　家了，本想带点钱，至少凑个一千两千的回来
　　　　向你们赔礼道歉，可是上年纪了挣不了这么
　　　　多钱啦……

①「腰をかける」：坐下。
②「敷居が高い」：门槛高，不好意思进门。
③「ばかにされる」：被瞧不起。

　　　　うやく立ち上がって)まあいい、自分の身体ぐらい始

　　　末のつかないことはないわ。(蹌踉として立ち上が

　　　り、顧みて老いた妻を一目見た後、戸をあけて去る。

　　　後四人はしばらく無言)

母　　　(哀訴するがごとく)賢一郎!

おたね　兄さん!

　　　(しばらくのあいだ緊張した時が過ぎる)

賢一郎　新! 行ってお父さんを呼び返してこい。

　　　(新二郎は飛ぶがごとく戸外へ出る。三人は緊張のうちに

待っている。新二郎はやや蒼白な顔をして帰ってくる)

新二郎　南の道を探したが見えない。北の方を探すから兄

　　　さんも来てください。

賢一郎　(驚いて)なに見えない! 見えないことがあるも

　　　のか。

　　　(兄弟二人は狂気のごとく出ていく)

　　──幕──

（好不容易站起身）也罢，自己一人总能对付
过去的。（踉跄地站起来，回头看了一眼年老
的妻子，然后开门离去。剩下四人一时
无语。）

母　亲　　（似在哀求）贤一郎！
阿　种　　哥！
　　（紧张的场面持续了片刻。）

贤一郎　　阿新！快去把父亲喊回来！
　　（新二郎飞奔出去。三人紧张地等待。新二郎回来
了，脸色略显苍白。）

新二郎　　我到南边的路上找，没找到。现在去北边看
　　　　　看，哥你也一起去吧。
贤一郎　　（吃惊地）什么，没找到？怎么会找不到呢？
　　（兄弟二人狂奔出去。）

落幕

屋上の狂人 ①

人物

狂人	勝島義太郎	二十四歳
その弟	末次郎	十七歳の中学生
その父	義助	
その母	およし	
隣の人	藤作	
下男	吉治	二十歳
巫女と称する女	五十歳ぐらい	

時

明治三十年代

所

瀬戸内海の讃岐に属する島

舞台

この小さい島では屈指の財産家なる勝島の家の裏庭。家

屋顶上的傻子

人物

傻子	胜岛义太郎	二十四岁
其弟	末次郎	十七岁中学生
其父	义助	
其母	阿良	
邻居	藤作	
仆人	吉治	二十岁
巫婆	五十岁左右	

时间

明治三十年代

地点

濑户内海赞岐地区的一个小岛

舞台

故事发生在胜岛家后院,他是小岛上首屈一指的有钱人。

---

① 本篇原文字数约为 7 500 字,改写后字数约为 7 500 字。

の内部は結い巡らした竹垣に遮られて見えない。高い屋根ばかりが、初夏の濃緑な南国の空を区切っている。左手に海が光って見える。この家の長男なる義太郎は、正面に見える屋根の頂上に蹲って海上を凝視している。家の内部から父の声が聞こえる。

義助　　（姿は見えないで）義め、また屋根へ上がっているんだな。こんなにかんかん照っているのに、暑気するがなあ。（縁側へ出て）吉治！吉治はいないのか。

吉治　　（右手から姿を現す）へえ何かご用ですか。

義助　　義太郎を降ろしてくれないか。こんなに暑い日に帽子も被らないで、暑気がするがなあ。どこから屋根へ上がるんだろう。この間言った納屋の所は針金を張ったんだろうな。

吉治　　それはもう、ちゃんといいようにしてありますんだ。

義助　　（竹垣の折戸から舞台へ出て来ながら、屋根を見上げて）あんなに焼け石のような瓦の上に座って、何ともないんだろうか。義太郎！早く降りて来い。そん

房子四周围上了竹篱笆,看不见房内。高高的屋顶把南
国天空划分成几块,时正初夏,绿荫葱郁。左方可看见
海,波光粼粼。家里的大儿子义太郎正蹲在正前方的屋
顶上,眺望海上。屋里传来父亲的声音。

义　助　（人不出现）阿义你这小子,又跑到屋顶上去啦。
　　　　太阳这么火辣辣的,当心中暑。（来到走廊外）
　　　　吉治! 吉治不在吗?

吉　治　（从舞台右边出现）来啦,有什么吩咐?

义　助　你把义太郎弄下来吧。这么热的天,也不戴帽
　　　　子,会中暑的。他从哪里爬上屋顶去的呀? 上
　　　　次跟你说的那个杂物棚围上铁丝了吗?

吉　治　那里已经围好了。

义　助　（从竹篱笆的门走上舞台来,一边仰望屋顶上）
　　　　屋瓦烫得跟火烧似的,你还坐那里? 义太郎!
　　　　快下来。

　　　　な暑い所にいたら暑気して死んでしまうぞ。

吉治　　若旦那! 降りてくださいよ。そんな所にいたら体
　　　　の毒だがなあ。

義助　　義やあ、早く降りて来ないかい。何しているんだ、そ
　　　　んな所で。早く降りないかい、義やあ!

義太郎　(けろりとしたまま)何だ。

義助　　何だでないわい。早く降りて来いよ。お日さんにか
　　　　んかん照り付けられて、暑気するがなあ。さあ、すぐ
　　　　降りて来い。降りて来ないと下から竿でつつくぞ。

義太郎　(駄々をこねる①ように)嫌だあ。面白いことがある
　　　　んだもの。金比羅さんの天狗さん②が雲の中で踊っ
　　　　ている。緋の衣を着て天人様と一緒に踊っている。
　　　　わしに来い来いと言うんだ。

義助　　阿呆なこと言うな。お前に取り付いている③狐が
　　　　騙しているんだがなあ。降りないかい。

義太郎　(狂人らしい喜びに溢れて)面白くやっているわ
　　　　い。わしも行きたいなあ。待っていて、わしも行くか
　　　　らなあ。

義助　　そんなことを言っていると、またいつかのように落ち

呆在那么热的地方会中暑死掉的。

吉　治　少爷！快下来吧。身体会吃不消的。

义　助　阿义，快下来。你呆在上面干什么？快下来。
　　　　阿义！

义太郎　（若无其事地）什么？

义　助　还什么呢，快下来。被太阳这么火辣辣地晒会
　　　　中暑的，马上下来。再不下来，我要拿竹竿捅
　　　　的啦！

义太郎　（撒娇似的）不嘛，这里好好玩。金比罗宫的天
　　　　狗神在云里跳舞呢，穿着红色衣服和仙女一起
　　　　跳舞，他们还对我说"来呀，来呀"呢。

义　助　别说傻话了，你是被狐妖附体了。还不下来？

义太郎　（像傻子一样喜形于色）真好玩，我也去。等等
　　　　我，我也去！

义　助　一说这话，又该从屋顶上摔下来啦。

---

①「駄々をこねる」：撒娇。
②「天狗」：想像中的妖怪，红脸、高鼻子、有翅膀、能自由飞行。
③「取り付く」：附体，迷住。

　　　　るぞ。気違いの上にまた片輪にまでなりやがって、
　　　　親に迷惑ばっかりかけやがる。降りないかい阿呆め。

吉治　　旦那さん、そんなに怒ったって、相手が若旦那だもの
　　　　効くもんですか。それよりか、若旦那の好きな油揚
　　　　げを買って来ましょうか。あれを見せたらすぐ降りる
　　　　から。

義助　　それより竿で突いてやれ、かまわないわい。

吉治　　そんな惨いことができるもんな。若旦那は何も知ら
　　　　ないのだ。皆憑いている者がさせているんだから。

義助　　屋根のぐるりに忍び返しをつけたらどうだろうな、ど
　　　　うしても上がれないように。

吉治　　どんなことしても若旦那には効き目がありゃしませ
　　　　ん。本伝寺の大屋根へ足場なしに上がるんだもの、
　　　　こんな低い屋根なんかはお茶の子①だ。憑いている
　　　　者が上がらせるんだから、どうしたって効きません。

義助　　そうだろうかな。あいつには往生する②わい。気違
　　　　いでも家の中にじっとしているんならいいけれど、高
　　　　い所へばっかり上がりやがって、まるで自分の気違
　　　　いを広告しているようなもんだ。勝島の天狗気違

　　　　　　傻子再摔成瘫子,净会给父母添麻烦。还不下
　　　　　　来吗,傻子!

吉　治　老爷,对少爷发这么大火有用吗? 倒不如我去
　　　　　　买些少爷爱吃的油炸豆腐回来,一见到豆腐,他
　　　　　　准马上下来。

义　助　不买,就拿竹竿捅,不要紧。

吉　治　这么残忍,有点下不了手哦。少爷可是无辜的
　　　　　　呀,都是附体的狐妖在作怪。

义　助　在屋顶周围插上玻璃渣子,你看怎么样? 不能
　　　　　　再让他上去了。

吉　治　无论啥方法,对少爷都不管用的。像本传寺那
　　　　　　样高的房顶,他不用梯子都能爬上去,家里屋顶
　　　　　　这么矮,还不是易如反掌。是附体的妖怪让他
　　　　　　爬上去,所以什么方法都没用的。

义　助　是呀,真拿他没辙。一个傻子,老老实实呆在家
　　　　　　里也就算了,老这么爬到屋顶上去,简直就像在
　　　　　　做广告,让别人知道自己是个傻子。

①「お茶の子」: 很容易的事。
②「往生する」: 为难,没有办法。

　　　　　いといったら、高松へまで 噂 が聞こえているって末

　　　　　が言っている。

吉治　　島の人は 狐 が取り付いていると言うけれど、俺は合

　　　　　点が行かない①がなあ。 狐 が木登りするというこ

　　　　　とは聞いたことがないからなあ。

義助　　俺もそう思っているんだ。俺の 心 当たり②は別に

　　　　　あるんだ。義の生まれる時にな、俺はその 時珍 しい

　　　　　 舶来の元込 銃 でな、この島の猿を片っ端から打ち

　　　　　殺したんだ。その猿が憑いているんだ。

吉治　　そうだろうな。それでなければ、あんなに木登りのお

　　　　　達者なわけはないからな。足場があろうがあるまい

　　　　　が③、どんな 所 へでも上がるんだからな。梯子乗り

　　　　　の 上 手な作でも、若旦那には敵わないと言っていま

　　　　　すわい。

義助　　（苦 笑 して）阿呆なことを言うな。屋根へばかり上が

　　　　　っている息子を持った親になってみろ。およしでも

　　　　　俺でも始 終 あいつのことを苦にしているんだ。

　　　　　（再 び声を張り上げて）義太郎！ 早く降りて来ない

　　　　　かい。義太郎！ 降りないかい。……屋根へ上がって

听阿末说，提起胜岛家的"天狗傻子"无人不晓，甚至都传到高松市那边去了。

吉　治　岛上的人都说他是被狐妖附体了，我不太信——狐狸会爬树，这可是从没听说过呀。

义　助　我也这么想呢。我猜还是另有缘由——阿义出生时，我弄到一杆新奇的进口猎枪，把岛上的猴子接二连三给打死了。一定是那些猴子作的怪。

吉　治　对呀，如果不是猴子附体，爬树怎么会这么厉害。不管有没下脚处，哪里都能上去。大家都说：连爬梯子的高手，都甘拜下风啊。

义　助　（苦笑）净瞎说。你也试试看有个整天往房顶上爬的儿子会怎样！他妈妈也和我一样，一直在为这小子操心呀。（又高声喊）义太郎！还不快下来？义太郎！还不下来？……这小子，

①「合点が行かない」：不能理解，莫名其妙。
②「心当たり」：估计，线索。
③「～（よ）うが～まいが」：不管是……还是……。也可用「～（よ）うと～まいと」。

いると人の声は聞こえないのだ、まるで夢中になっているんだ。あいつが登って困るんで、家の木はみんな伐ってしまったけれど、屋根ばかりはどうすることもできないわい。

吉治　私の小さい頃には、ご門の前に高い公孫樹がございましたなあ。

義助　うむ、あの木かい。あれは島中の目印になった木だがな。いつであったか、あの木の天辺へ義太郎が登ってな、十四五間もある上でぽかんと枝の上に腰かけているじゃないか。俺もおよしもあいつの命はないもんだと思って諦めていると、またするする降りて来てな、皆呆れてものが言えなかったんだ。

吉治　へへえ。まるで人間業でございませんな。

義助　だから俺は猿が憑いていると思うんだ。(声をあげて)義やあ、降りないかい。(ふと、気を変えて)吉治! お前上がってくれないかい。

吉治　けど人が上がると、若旦那はきつくお腹を立てる①からな。

義助　いいわ、怒ってもいいわい。上がって引っ張り降ろし

一上屋顶就听不到别人叫了，跟着了魔似的。就是怕他到处爬，所以把咱家院子里的树都砍掉了，只剩这房顶，可就没法子啦。

吉　治　记得我小时候门前还有棵很高的银杏树哩。

义　助　嗯，那棵树呀，那可是岛上的一个标志啊。有一次义太郎爬上那棵树顶去，呆呆坐着，那树有二三十米高呢。我和他妈妈都想：这下肯定没命了。可是没想到这小子又哧溜哧溜地下来了，把大家看得目瞪口呆。

吉　治　哇，常人可没这本领啊。

义　助　所以我才觉得是猴子附体了嘛。（高声）阿义，还不下来吗？（忽然心生一计）吉治！你上去一趟吧。

吉　治　可是，其他人上去的话，少爷会很生气的。

义　助　管他生不生气呢，你上去把他拖下来。

①「腹を立てる」：生气。

　　　　　　　て来い。

吉治　　　へいへい。

　　　（吉治は梯子を持って来るために 退場 。その時、隣 の人、
藤作が入って来る）

藤作　　　旦那さん、こんにちは。

義助　　　やあ、いい天気だな。昨日降ろした網はどうだった
　　　　　な、大小 かかったかな。

藤作　　　根っからかかりゃしませんでしたわ。もうちっと
　　　　　旬①が過ぎているからな。

義助　　　そうだろうな、もうちっと遅いわい。もう 鰆 が取れ
　　　　　出すな。

藤作　　　昨日清吉の網に二三本かかりましたわい。

義助　　　そうかい。

藤作　　　（義太郎を見て）また若旦那は屋根でございますか。

義助　　　そうだ、あいかわらず上がっているわい。座敷牢の中
　　　　　へ入れておくと水を離れた船のようにしているんだ
　　　　　よ。つい惨くなって出してやるとすぐ屋根だ。

藤作　　　けど若旦那のようなのは、傍の迷惑にならないから

吉　治　　好。

　　　（吉治退场，去取梯子。这时，邻居藤作走进来。）

藤　作　　老爷，您好。

义　助　　呀，今天天气真好啊。昨天下网怎样，打了不少
　　　　　鱼吧？

藤　作　　一条都没捞着！过了季节啦。

义　助　　是呀，晚了些。都到马鲛鱼的时节了。

藤　作　　昨天，清吉打了两三条。

义　助　　是吗。

藤　作　　（看见义太郎）少爷又跑屋顶上了呀？

义　助　　是呀，还是老往上面跑啊。把他关在屋里吧，马
　　　　　上就蔫了，跟船离开水似的。看着挺可怜，一放
　　　　　出来，马上又跑屋顶去了。

藤　作　　不过，像少爷这样，也不妨碍旁人，没关系啦。

---

①「旬」：蔬果或鱼类的旺季、时节。

　　　　ようございますわな。

義助　　あんまり迷惑（めいわく）にならないこともないよ。親兄弟（おやきょうだい）の
　　　　恥（はじ）になるからな、こんなに高い所（たかところ）に上（あ）がって、叫（さけ）ん
　　　　でいるとなあ。

藤作　　けど弟（おとうと）さんの末（すえ）さんが町（まち）の学校（がっこう）でよくできるんだ
　　　　から、旦那（だんな）も諦（あきら）めがつく①というもんだな。

義助　　末次郎（すえじろう）が人並（ひとなみ）にできるので、わしも辛抱（しんぼう）しているん
　　　　だ。二人（ふたり）とも気違（きちが）いであったら生（い）きている甲斐（かい）がな
　　　　い②がな。

藤作　　実（じつ）はな、旦那（だんな）さん。よく効（き）く巫女（みこ）さんが昨日（きのう）から島（しま）へ
　　　　来（き）ているんだよ。若旦那（わかだんな）も一遍（いっぺん）ご祈祷（きとう）してもらった
　　　　ら、どうだろうと思（おも）って来ましたんだがな。

義助　　そうか。けどご祈祷（きとう）も今（いま）まで何遍（なんべん）受（う）けたかわからな
　　　　いけれどな、ちっとも効（き）かないよ。

藤作　　今度（こんど）いらっしゃったのは金比羅（こんぴら）さんの巫女（みこ）さんで、あ
　　　　らたかなもんだってな。神（かみ）さまが乗（の）り移（うつ）るんだって
　　　　言（い）うから、山伏（やまぶし）の祈祷（きとう）とは違（ちが）うよ。試（ため）してみたらど
　　　　うでしょう。

義助　　そうだなあ。お礼（れい）はどのくらい要（い）るもんだろう。

藤作　　治（なお）らなければ要（い）らないと言（い）っていますからなあ。治（なお）

义　助　谁说不妨碍的,父母兄弟都觉得害臊呀,整天爬上这么高的地方,吵吵嚷嚷的。

藤　作　不过,他弟弟阿末在镇上的学校学得不错嘛,也算是个安慰啦。

义　助　末次郎不比别人差,我也好歹有个盼头。要是生俩儿子都是傻子,你说这活着还有啥意思。

藤　作　老爷,其实呀,今天我上您家来,是因为听说有个很灵验的巫婆昨天到岛上来了,要不要请她给少爷求求神?

义　助　是吗。可是以前都求过很多次了,一点不见效呀。

藤　作　听说这次来的是金比罗宫的巫婆,很灵的,还会神仙附体,和平常的法师可不一样啊。要不要试一下?

义　助　这样呀,那要给多少礼金呢?

藤　作　说是治不好不收钱,治好了您看着给。

①「諦めがつく」: 想得开,想得通。
②「～甲斐がない」: 没有……的价值、意义。

ったら応分に出せと言っています。

義助　末次郎は、ご祈祷なんか効くもんかと言っているけど、損にならないことだから頼んでみてもいいがなあ。

（この時、吉治は梯子を持って入って来る。竹垣の内へ入る）

藤作　それなら私は、金吉の所にいる巫女さんを呼んで来ますからな。若旦那を降ろしておいてください。

義助　ご苦労様だなあ。それならいいように頼みなさい。（藤作を見送った後）さあ義！　おとなしく降りるんだぜ。

吉治　（屋根へ上がってしまって）さあ若旦那、私と一緒に降りましょう。こんな所にいると晩には大熱が出るからな。

義太郎　（外道が近寄るのを恐れる仏徒のように）嫌だあ。天狗様が皆わしにおいでおいで①をしている。お前なんかの来る所じゃないぞ、何と思っているんだ。

吉治　阿呆なことを言わないで、さあ降りてください。

义　助　末次郎常说求神拜佛这一套没用的，不过反正
　　　　没啥损失，就试试看吧。

（这时，吉治拿着梯子进来，走进围墙内。）

藤　作　那我就去请那个巫婆啦，她住在金吉那边。您
　　　　得先让少爷下来等着。

义　助　那就去请她来吧，辛苦你啦。（送走藤作后）喂，
　　　　阿义！赶快下来。

吉　治　（爬上屋顶）少爷，跟我一起下去吧。呆在这里，
　　　　晚上会发高烧的。

义太郎　（像是佛教信徒见到邪门歪道一样惊慌）讨厌。
　　　　天狗神正向我招手呢，这儿不是你来的地方，你
　　　　来干什么？

吉　治　别说傻话啦，快下去吧。

------

①「おいでおいで」：用手势招呼人过来。

義太郎　わしにちょっとでも触ると天狗さまに引き裂かれるぞ。

吉治　（義太郎に急に迫って、その肩口を捕えながら下の方へ引き下ろす。義太郎は捕えられてからはほとんど何の抵抗もしない）さあ暴れると怪我をなさいますよ。

義助　気を付けて降ろすんだぜ。

吉治　（義太郎を先に立てながら降りて来る。義太郎の右の足は負傷のために跛になっている）巫女さんといっても、ちっとも効かない奴もございますからなあ。

義助　義はよく金比羅さんの神さんと話をすると言うからなあ。金比羅さんの巫女さんといったら、効くかもしれないと思ってな。（声を張り上げて）およしや、ちょっと出て来いよ。

およし　（内部にて）何の用か。

義助　巫女さんを頼んだんだがなあ、どうだろう。

およし　（折戸から出て来る）それはいいかもしれない。どんなことでひょいと治るかもしれないからな。

義太郎　（不満な顔色にて）お父う、どうしたから降ろすんだ。

义太郎　你敢碰我一下,天狗神就会把你撕得粉碎。

吉　治　(忽然上前,抓住义太郎肩膀,往下拉。义太郎
　　　　被抓住后几乎毫无反抗)您要是乱动,当心摔下
　　　　去受伤哦。

义　助　小心点,把他弄下来。

吉　治　(在后面押着义太郎下来。义太郎的右脚受过
　　　　伤,有点瘸)说是巫婆,有的也不见得灵验吧。

义　助　阿义常说自己和金比罗神仙说话,所以我想:
　　　　既然是金比罗宫的巫婆,说不定有效呢。(高声
　　　　喊)阿良,出来一下!

阿　良　(在屋里)什么事?

义　助　让人请巫婆去了,好不?

阿　良　(从门里走出来)也好吧,说不定碰巧就能治
　　　　好呢。

义太郎　(不高兴地)爸,干吗让我下来?

屋上的狂人

今ちょうど俺を迎えに五色の雲が舞い降りるところ①であったんだのに。

義助　阿呆！いつかも五色の雲が来たと言っていて屋根から飛んだんだろう。それでその通り片輪になっているんだ。今日は金比羅さんの巫女さんが来て、お前に憑いているものを追い出してくれるんだから、屋根へ上がらないで待っているんだぞ。

（その時、藤作が巫女を案内して来る。巫女は五十ばかりなる陰険な顔色をした妖女のごとき女）

藤作　旦那さん、これがさっき言った巫女さんだ。

義助　やあ、こんにちは。ようこそお出でくださいました。どうも困ったやつでございましてな、あなた。まったく親兄弟の恥曝しだよ。

巫女　（無造作に）何あなた様。心配しないで、私が神さんのご威徳ですぐ治してあげますわ。（義太郎の方を向きながら）このお方でございますか。

義助　さようでございます。もう二十四になりますのにな、高い所へ上がるほかは何一つようしません

　　　　　　刚刚飘来一朵五彩祥云,要接我去呢。

义　助　傻子! 每次一说什么五彩祥云,然后又要从屋
　　　　顶上往下跳了。所以才成你这样,一瘸一拐。
　　　　今天金比罗官的巫婆会过来,帮你驱除体内的
　　　　邪魔,你就别上屋顶去啦,好好待着。

　　　(这时,藤作带着巫婆进来了。巫婆年约五十,面目
狰狞,酷似妖婆。)

藤　作　老爷,这位就是刚才和您说的女巫师。

义　助　您好呀,欢迎欢迎。我这儿子真令人头疼呀,丢
　　　　尽父母兄弟的脸。

巫　婆　(漫不经心地)您不必担心,我这就借大神的威
　　　　望治好他。(朝义太郎看去)是这一位吗?

义　助　是的,都二十四岁了,可是除了爬高别的什么都
　　　　不会啊。

─────────────────────

①「～ところだ」: 前接动词原形,表示"正要……"。

のだ。

巫女　　いつからこんなご病気でございましたかな。

義助　　もう生まれついてのことでございましてな。小さい
　　　　時から高い所へ上がりたがって、四つ五つの頃には
　　　　床の間へ上がる、ご仏壇へ上がる、棚の上に上がる、
　　　　七つ八つになると木登りを覚える、十五六になると
　　　　山の天辺へ上がって一日降りて来ませんのだ。それ
　　　　で天狗様だとか神様だとかそんなもんと、話してい
　　　　るような独り言を絶えず言っていますのだ。一体ど
　　　　うしたわけでございましょうな。

巫女　　やっぱり狐が憑いているのに違いございません①。
　　　　どれ私がご祈祷をしてあげます。

　　　　（義太郎の方へ歩みよって）よくお聞きなさい！　私は当国
　　　　の金比羅大権現様のお使いの者だから、私の言うことは
　　　　皆神さんのおっしゃることだ。

義太郎　（不満な顔をして）金比羅の神さんって、お前会ったこ
　　　　とがあるか?

巫女　　（睨んで）何を失礼なことを言うのだ、神様のお姿
　　　　が目に見えるもんか。

巫　婆　从什么时候开始犯这病的？

义　助　一生下来就这样。从小喜欢往高处爬，四五岁
　　　　爬壁龛、佛龛、架子，七八岁学会爬树，十五六岁
　　　　时往山顶上跑，一整天不肯下来。还老是自言
　　　　自语，像在和天狗啦、神仙啦什么的说话。不知
　　　　到底怎么回事？

巫　婆　一定是被狐妖附体了，我这就给他求神。
　　　　（走近义太郎）请听好了！我是本国金比罗大神
　　　　的使者，我说的话就是神灵的旨意。

义太郎　（不高兴地）金比罗大神？你见过他吗？

巫　婆　（瞪着他）你竟敢出言不逊，神仙哪里是我们能
　　　　看得见的？

①「～に違いございません」：即「～に違いない」，意为"必
　定……"。

義太郎　　（得意そうに）俺は何遍も会っているわい。金比羅さ
　　　　　んは白い着物を着て金の 冠 を被っているおじいさ
　　　　　んだ。俺と 一番仲 のいい人だ。

巫女　　　（上手に出られた①のでやや狼狽しながら、義助の方
　　　　　を見て）これは 狐 憑きもひどい 狐 憑きだ。どれ 私
　　　　　が神に 伺 ってみる。

　　　　　（巫女は呪文を唱え、奇怪の身振りをする。義太郎はその
　　　　間、吉治に肩口を捕えられながら、けろりとして相関せざる
　　　　ものものごとし。巫女は 狂乱 のごとく狂い回った後、昏倒す
　　　　る。再 び立ち上がった彼女は、きょろきょろとして 周 囲を
　　　　見回す）

巫女　　　（以前とはまったく違った声音で）我は当国象頭山に
　　　　　鎮座する金比羅大権現なるぞ。

皆　　　　（義太郎を除いて皆腰を屈めて）へへっ。

巫女　　　（荘厳に）この家の 長男 には鷹の城山の 狐 が憑い
　　　　　ている。木の枝に吊しておいて青松葉で燻べてや
　　　　　れ。わしの申すこと違うにおいては神罰立ちどころ
　　　　　に至るぞ。（巫女は 再 び昏倒する）

义太郎　（得意洋洋地）我就见过很多次啦。金比罗是个
　　　　　　穿白衣服、戴着金冠的老爷爷,和我最要好。

巫　婆　（被对方占了上风,有些狼狈。对义助说)你看,
　　　　　　他被狐妖附体,中邪不轻啊。待我问问神灵。

　　(巫婆口念咒语,怪模怪样地扭动。义太郎被吉治抓
住肩膀,却若无其事,仿佛与自己不相干。巫婆狂舞一通
之后,昏倒在地。再站起来时,四下张望。)

巫　婆　（声音和刚才完全不同)我乃镇守本国象头山的
　　　　　　金比罗大神!

众　人　（除了义太郎之外,都弯腰行礼)是——

巫　婆　（庄严地)这户人家的大儿子被鹰城山的狐妖附
　　　　　　体,须吊在树上用青松叶来熏。若有违抗,将受
　　　　　　神灵惩罚。(巫婆再次昏倒)

- -

①「上手に出る」：占上风,盛气凌人。

皆　　　　へへっ。

巫女　　　（再び立ち上がりながら空惚けたように）何か神さ
　　　　　まがおっしゃいましたか。

義助　　　どうもあらたかなことでございました。

巫女　　　神様のおっしゃったことは、早速なさらないとかえっ
　　　　　てお罰が当たります①から、念のために②申しておき
　　　　　ますぞ。

義助　　　（やや当惑して）吉治! それなら青松葉を切って来な
　　　　　いかな。

およし　　いくら神さんのおっしゃることだって、そんな惨いこ
　　　　　とができるもんかい。

巫女　　　燻べられて苦しむのは憑いている狐だ。本人は何
　　　　　の苦痛もございませんな。さあ早く用意しなさい。
　　　　　（義太郎の方を向いて）神様のお声を聞いたか。苦
　　　　　しまぬ前に立ち去るがいいぞ。

義太郎　　金比羅さんの声はあんな声ではないわい。お前のよ
　　　　　うな女子を、神さんが相手にする③もんか。

巫女　　　（自尊心を傷つけられて）今に苦しめてやるから待っ
　　　　　ていろ。土狐の分際で神様に悪口を申しおる憎
　　　　　い奴だ。

众　人　是——

巫　婆　（重新站起来，似茫然不知）神灵怎么说的？

义　助　还真灵验啊。

巫　婆　我把话说在前头——不按神灵吩咐去做的话，会遭报应的哟。

义　助　（面有难色）吉治！去砍些青松叶来。

阿　良　就算是神的吩咐，这方法也太残忍了吧。

巫　婆　被烟熏受苦的只是狐妖而已，他本人一点也不觉得痛苦的。快准备吧。（朝义太郎说）狐妖，神灵说的话你可听见了？趁早躲远点，省得受苦！

义太郎　金比罗的声音不是那样的呀，神仙才懒得理你这样的娘儿们。

巫　婆　（自尊心受到伤害）你等着瞧，看我怎么收拾你！这家伙忒可恨，身为狐妖，竟敢顶撞神灵。

①「罰が当たる」：遭报应。
②「念のために」：为了慎重起见。
③「～を相手にする」：理睬。

（吉治は青松葉を一抱え持って来る。およしはおろおろしている）

巫女　　神さんの仰せは大切に思わぬと罰が当たりますぞ。
　　　（義助は、不承不承に松葉に火をつけ、厭がる義太郎をその煙の近くへ拉して行く）

義太郎　お父う何するんだ、厭だあ、厭だあ。

巫女　　それをその方の声だと思うと燻べにくい。皆狐の声だと思わないかな。そのお方を苦しめている狐を、苦しめると思ってやらなければいけません。

およし　いくらなんでも①惨いことだな。
　　　（義助は、吉治と協力して顔を煙の中へ突き入れる。その時、母屋の方で末次郎の声が聞こえる）

末次郎　（母屋の内部から）お父さん、お母さん、帰って来ましたぜ。

義助　　（ちょっと狼狽して、義太郎を放してやる）末が帰って来た。日曜でないのにどうしたんだろう。
　　　（末次郎は折戸から顔を出す。中学の制服を着た、色の

（吉治抱来一捆青松枝叶。阿良有点惊慌失措。）

巫　婆　要是违抗了神灵旨意，会遭报应的哟。
　　　（义助有点不情愿地点燃了松叶，把义太郎拉到烟火旁。）

义太郎　爸，你干什么呀？不要，不要！
巫　婆　要是以为是他本人的话就下不了手啦，其实那
　　　　　是狐妖的声音呀，这狐妖一直在折磨人，现在咱
　　　　　也让它受受苦，得这么想。
阿　良　不管怎么说都太残忍啦。
　　　（义助和吉治一起把义太郎的脸按到松烟里。正在
这时，从上房传来末次郎的声音。）

末次郎　（声音从房里传来）爸，妈，我回来啦。
义　助　（有点狼狈，放开义太郎）阿末你回来啦。又不
　　　　　是星期天，你怎么跑回来啦？
　　　（末次郎从门里探出头。他是个朝气蓬勃的小伙子，
肤色有点黑，身穿中学校服。）

①「いくらなんでも」：无论怎么说。

　　　　　浅黒い凛々しい少年。異状な有様にすぐ気がつ
　　　　　く）

末次郎　どうしたんです、お父さん。

義助　　（決まり悪そうに①）ええ。

末次郎　どうしたんです、松葉なんか燻べて。

義太郎　（苦しそうに咳をしていたが、弟を見ると救い主
　　　　　を得たように）末か、お父や吉が寄ってたかって②俺
　　　　　を松葉で燻べるんだ。

末次郎　（ちょっと顔色を変えて）お父さん！またこんなばか
　　　　　なことをするんですか。私があれほど言っておいた
　　　　　じゃありませんか。

義助　　そうだけどな、あらたかな巫女さんに神さんが乗り移
　　　　　ってな。

末次郎　何をばかなことを。兄さんが理屈が言えないからっ
　　　　　てそんなばかなことをして。

　　　（巫女を尻目にかけながら③燃えている松葉を蹴り散らす）

巫女　　お待ちなさい。その火は神様の仰せで点いている火
　　　　　ですぞ。

他一回家就马上觉察出异样来。)

末次郎　爸,这是怎么回事?

义　助　(有点难为情)嗯……

末次郎　怎么啦,还烧松叶?

义太郎　(痛苦地咳嗽,见到弟弟像见到救星似的)阿末,
　　　　爸爸和阿吉一起拿松叶来熏我。

末次郎　(勃然变色)爸! 你又在干这种傻事啦,我不是
　　　　和你说过很多次了吗?

义　助　不过他们说这个巫婆会神仙附体,很灵验的。

末次郎　瞎说。就因为哥哥不会申辩,你们就这么对他?
　　　　(瞅了一眼巫婆,把燃烧的松叶踢开。)

巫　婆　等等,这可是依神灵旨意点着的火呦。

----

①「決まり悪い」:不好意思,难为情。

②「寄ってたかって」:聚众,联合起来。

③「～を尻目にかける」:斜着眼睛看,蔑视。

末次郎　（冷笑しながら踏み消してしまう）……。

義助　（やや語気を変えて）末次郎！ 私はな、ちっとも学問がないもんだからな、学校でよくできるお前の言うことは何でも聞いているけれどな、いくらなんでも、かりにも神さんの仰せで点けている火だもの、足蹴にしなくてもいいじゃないか。

末次郎　松葉で燻べて何が治るもんですかい。狐を追い出すって、人が聞いたら笑いますぜ。日本中の神さんが寄って来たとて①、風邪一つ治るものじゃありません。こんな詐欺師のような巫女が、金ばかり取ろうと思って……。

義助　でもな、お医者さまでも治らないからな。

末次郎　お医者さんが治らないと言ったら治りません。それに私が何遍も言うように、兄さんがこの病気で苦しんでいるのなら、どんなことをしても治してあげなければいけないけど、屋根へさえ上げておいたら朝から晩まで喜びつづけに喜んでいる②んだもの。兄さんのように毎日喜んでいられる人が日本中に一人でもありますか。世界中にだってありません。

末次郎　（一边冷笑着，把火踩熄）……

义　助　（语气稍变）末次郎！我知道你在学校功课不错，而我没什么学问，所以总是对你言听计从。可不管怎样，这也是奉神灵之命点的火，不能乱踢吧。

末次郎　用松叶熏能治什么病！驱除狐妖？人家听了会笑掉大牙的。就算请来全日本的神仙，怕连个感冒也治不好吧。这种巫婆跟骗子一样，净会骗钱……

义　助　不过，你哥的病连医生也治不好呀。

末次郎　治不好就治不好呗。而且，我都说过多少次了——要是哥哥受这个病折磨，那我们无论如何也得把他治好。可是，现在他是一天到晚乐呵呵的，只要能让他上屋顶。试问，像哥哥这样每天快快活活的人，全日本还能找到第二个吗？就算全世界怕也找不到吧。

①「～とて」：即使……相当于「～としても」。
②「喜びつづけに喜ぶ」：动词反复表示强调，意为"不停地……"。

それに今兄さんを治してあげて正気の人になった
としたらどんなもんだろう。二十四にもなって何も
知らないし、イロハのイの字も知らない①し、ちっとも
経験はなし、おまけに自分の片輪に気がつくし、日本
中で恐らく一番不幸な人になりますぜ。それがお
父さんの望みですか。何でも正気にしたらいいか
と思って、苦しむために正気になるくらいばかなこ
とはありません。(巫女を尻目にかけて)藤作さん、
あなたが連れて来たのなら、一緒に帰ってください。

巫女　(侮辱を非常に憤慨して)神のお告げをもったいな
く取り扱うものには神罰立ちどころだ。(呪文を唱
えて以前のような身振りをなし、一度昏倒した後立ち
上がる)我は金比羅大権現なるぞ、ただいま病人の
弟の申せしこと皆己が利欲の心よりなり。兄
の病気の回復するときは、この家の財産が皆兄の
物となる故なり。夢疑うことなかれ。

末次郎　(奮然として巫女を突き倒し)何をぬかすんだ、ばか
っ!(二三度蹴る)

如果我们现在把他治好了，像个正常人，那又怎
样？——二十四岁了，啥都不懂，连字也不认
得，没有一点社会经验，还要为自己是个瘸子而
自惭形秽——这样，他恐怕就成了全日本最不
幸的人。这是你所愿意看到的吗？我们总以为
正常就好，可是为了受苦而恢复正常，却实在太
荒唐啦。（瞅了巫婆一眼）藤作，要是你带她来
的，就请你把她带走吧。

巫　婆　（觉得受了侮辱，十分气愤）违抗神灵旨意者，必
　　　　遭报应。（念咒语，像刚才一样扭动，昏倒，然后
　　　　站起）我乃金比罗大神。刚才病人之弟所言皆
　　　　因利欲熏心，害怕其兄康复后，家中财产全归兄
　　　　长所有。切勿以为这是梦境。

末次郎　（愤然，一把推倒巫婆）胡说八道，浑蛋！（踢了
　　　　两三脚）

①「イロハ」：「イロハ歌」是日语假名字母歌，「イロハのイの字
　も知らない」意为"一个字也不认识"。

巫女　　（立ち上がりながら急に元の様子になって）あい
　　　　た!① 何するんだ、無茶なことするな。

末次郎　詐欺め、かたりめ!

藤作　　（二人を隔てながら）まあ坊ちゃん、お待ちなさい。そ
　　　　う腹を立てなくても。

末次郎　（まだ興奮している）ばかなことぬかしやがって! 貴
　　　　様のようなかたりに兄弟の情がわかるか。

藤作　　（巫女に）さあ、一度引き取ることにしましょう。俺が
　　　　あなたを連れて来たのが悪かったんだ。

義助　　（金を藤作に渡しながら）何分まだ子供だから、どう
　　　　ぞ勘弁してください。あいつはどうも気が短く
　　　　て② な。

巫女　　神さまが乗り移っている最中に③ 私を足蹴にする
　　　　ような大それた奴は、今晩までの命も危ういぞ。

末次郎　何をぬかすんだ。

およし　　（末次郎をささえながら）黙っておいてよ。（巫女に）
　　　　どうもお気の毒しましたや。

巫女　　（藤作と一緒に去りながら）私を蹴った足から腐り
　　　　始めるのだ。（二人去る）

巫　婆　（站起，忽然回复原样）哎唷！你干什么，别乱来。

末次郎　骗子，你蒙谁呢！

藤　作　（隔开两人）哎，少爷，有话好好说，不必发这么大火。

末次郎　（仍很激动）什么乱七八糟的！你这种骗子哪里会懂得手足之情！

藤　作　（对巫婆说）哎，咱还是先回去吧。我带您来，让您受累了。

义　助　（把钱塞给藤作）他毕竟还是个孩子，请多包涵。这小子也太暴躁啦。

巫　婆　在我神灵附体时胆敢踢我的狂妄小子，必活不过今晚！

末次郎　你再胡说！

阿　良　（拦住末次郎）你少说两句。（对巫婆说）实在对不起啦。

巫　婆　（和藤作一起离去，边走边说）从踢我那只脚开始烂起！（两人离去）

-----

①「あいた」：是「あ、痛い」的口语形。
②「気が短い」：急性子。
③「〜最中に」：正在……的时候。

義助　　（末次郎を見て）お前あんなことをして、罰が当たることはないか。

末次郎　あんなかたりの女子に神さんが乗り移るもんですか。無茶な嘘をぬかしやがる。

およし　私は初めから怪しい奴だと思っていたんだ、神さんだったらあんな惨いこと言うもんか。

義助　　（何の主張もなしに）それは、そうだな。でもな末！お前、兄さんは一生お前の厄介だぜ。

末次郎　何が厄介なもんですか。僕は成功したら、鷹の城山の天辺へ高い高い塔を拵えて、そこへ兄さんを入れてあげるつもりだ。

義助　　それはそうと①、義太郎はどこへ行っただろう。

吉治　　（屋根の上を指しながら）あそこへ行っています。

義助　　（微笑して）あいかわらずやっているなあ。

　　（義太郎は前の騒動の間にいつの間にか②屋根へ上がっていたらしい。下の四人は、義太郎を見て微笑を交わす）

末次郎　普通の人だったら、燻べられたらどんなに怒るかもしれないけど、兄さんは忘れている、兄さん！

义　助　（看着末次郎）你这么做，不怕遭报应吗？

末次郎　像她那样的骗子，怎么可能有神灵附体？真是
　　　　一派胡言。

阿　良　我一开始就觉得她挺可疑的，要真是神灵，怎么
　　　　会出这种馊主意？

义　助　（毫无主见）嗯，是呀。不过，阿末，今后你哥一
　　　　辈子都要麻烦你照顾啦。

末次郎　哪有什么麻烦的。将来我若混出名堂来，就在
　　　　鹰城山山顶建一座很高很高的塔，给哥哥住。

义　助　咦，义太郎跑哪里去了？

吉　治　（指着屋顶）在那儿呢。

义　助　（微笑）还是老样子呵。

　　　（在刚才的混乱中，义太郎不知何时又溜到屋顶上去
了。下面四个人看着他，相视微笑。）

末次郎　换作常人，被抓去用烟熏的话，不知该有多恼怒
　　　　呢。哥却已经忘掉啦。哥！

　　　　　　　　　　　　　　　　　　　　　　─────

①「それはそうと」：表示转换话题。
②「いつの間にか」：不知不觉，不知什么时候。

義太郎　（狂人の心にも弟に対して特別の愛情があるごとく）末やあ！金比羅さんに聞いたら、あんな女子は知らないと言っていたぞ。

末次郎　（微笑して）そうだろう、あんな巫女よりも兄さんの方に、神さんが乗り移っているんだ。（雲を放れて金色の夕日が屋根へ一面に射しかかる）いい夕日だな。

義太郎　（金色の夕日の中に義太郎の顔はある輝きを持っている）末、見てよ、向こうの雲の中に金色の御殿が見えるだろう。ほらちょっと見て！綺麗だなあ。

末次郎　（やや不狂人の悲哀を感ずるごとく）ああ見える。いいなあ。

義太郎　（歓喜の状態で）ほら！御殿の中から、俺の大好きな笛の音が聞こえて来るぜ！いい音色だなあ。

　　　（父母は母屋の中に入ってしまって、狂する兄は屋上に、賢い弟は地上に、共に金色の夕日を見つめている）

────幕────

义太郎　　（傻子心里似乎也特别喜爱弟弟）阿末！我刚问
　　　　　　了金比罗,他果然说不认识那个女人呵。

末次郎　　（微笑）就是嘛,神灵附体怎会找那样的巫婆,要
　　　　　　找也找哥哥你呀。（夕阳透过云层,在屋顶上洒
　　　　　　下一片金光）这夕阳真美啊。

义太郎　　（义太郎沐浴在金色夕阳中,容光焕发）阿末,你
　　　　　　看,对面云里那栋金色的房子！你看,好漂
　　　　　　亮啊！

末次郎　　（似乎感受到一点身为正常人的悲哀）啊,看见
　　　　　　啦。真漂亮！

义太郎　　（欣喜地）你听！那栋房里还传来笛子声呢,我
　　　　　　最喜欢的了！真好听！

　　　（父母进屋里去了,只剩下兄弟俩——傻子哥哥在屋
顶上,聪明的弟弟在地上,一起眺望那金色的夕阳。）

落幕

图书在版编目(CIP)数据

芥川直木奖的奠基者——菊池宽 / 黄悦生编著.——
南京:南京大学出版社,2013.1
ISBN 978 - 7 - 305 - 10841 - 9

Ⅰ.①芥… Ⅱ.①黄… Ⅲ.①菊池宽(1888~1948)
—文学研究 Ⅳ.①I313.064

中国版本图书馆 CIP 数据核字(2012)第 284552 号

出版发行 南京大学出版社
社　　址 南京市汉口路 22 号　　邮　编 210093
网　　址 http://www.NjupCo.com
出版人 左　健

书　　名 芥川直木奖的奠基者——菊池宽
编　　著 黄悦生
责任编辑 田　雁　　　　　　编辑热线 025-83596027

照　　排 江苏南大印刷厂
印　　刷 江苏凤凰通达彩色印刷有限公司
开　　本 787×1092　1/32　印张 10.5　字数 185 千
版　　次 2013 年 1 月第 1 版　2013 年 1 月第 1 次印刷
ISBN　978 - 7 - 305 - 10841 - 9
定　　价 30.00 元(含光盘)

发行热线 025-83594756
电子邮箱 Press@NjupCo.com
　　　　 Sales@NjupCo.com(市场部)